KB266091

한국대표서정시선 16

2026

한국대표서정시선16 _2025_

초판 1쇄 발행일 | 2026년 4월 27일

저   자 | 김민정 외 34인 공저
펴 낸 이 | 차영미

편   집 | 디자인그룹 여우비
펴 낸 곳 | 도서출판 서정문학

주   소 | 서울시 성안로31길 57-10
전   화 | 02-720-3266 F A X | 02-6442-7202
홈페이지 | http://cafe.daum.net/seojungmunhak.com
이 메 일 | sjmh11@hanmail.net
등   록 | 2008. 3. 10 제324-2014-000060호

ISBN 979-11-91155-70-9 04810
ISBN 978-89-94807-06-5(세트)
정가 15,000원

2026

한국대표서정시선 16

김민정 외 34인 공저

| CONTENTS |

| 한국대표서정동시선 |

한국대표서정디카시선

곽　병　열

도토리 숲길

또 한 해를

만월에

마산 고등학교 졸업
1970년 미국 이주 태권도 사범
세계 무술협회 무공훈장 수상
서정문학 시부문 신인상 수상
서정문학 작가협회 회원
한국 문학인협회 회원
공저:『한국대표서정시선』
시집 :『self-defense 100』『징검이 다리』
디카시집:『징검이 여울목』
bykwak@aol.com
bykwak218@gmail.com

| 도토리 숲길

꿀참나무 가지에 가려진 파란 하늘이
숨바꼭질 하는 오솔길

도토리 입에 문 청설모 한 마리가
곤추선 나무가지 위로 도르르

뒤쫓는 내 눈길이 부시다

전후戰後, 허기지던 시절이 생각난다

| 또 한해를

동산 골짝 옹달샘 물이
대해로 나아가는 꿈을 꾼다

싱그러운 바다소리
갈매기 노랫소리에 취한

노을빛 아롱진 물거품이
긴 여정을 되돌아보게 하네

| 만월에

은퇴, 이렇게 자유롭고 좋은 걸

주책스런 탐욕을 버리고
여유로운 심성으로 살아도 되는
텅빈 시간과 공간

이젠,
만월같이 밝혀 비우며 살고지고

한국대표서정시조선

김 민 정

온다면 오는 봄
새날의 악수
창가에 나는 피고

1985년《시조문학》창간25주년기념지상백일장 장원 등단. 성균관대학교 문학박사. 상지대 대학원 강사 역임. 한국문인협회 부이사장 겸 상임이사(월간문학 편집주간), 한국예총이사, 국제PEN한국본부 이사, 한국여성문학회 이사, 한국시조시인협회 중앙자문위원
시조집:『들었다』 외 14권, 엮음집『해돋이』 외 4권. 논문집:『현대시조의 고향성』 외 1권. 수필집:『사람이 그리운 날엔 기차를 타라』. 평설집:『모든 순간은 꽃이다』 외 1권
수상: 제14회 한국문협작가상, 제14회 한국여성문학상, 제37회 대한민국예술문화대상, 제22회 월하시조문학상, 제1회 박양균문학상, 2025년 문체부 장관상, 리더스에세이 문학대상 외

온다면 오는 봄

거리에는 찬바람이 대지에는 눈발들이
모든 것을 감싸안은 숨막히는 이 고요
오늘이 흘러가느라
길이 꿈틀, 거린다

얼어붙은 강물처럼 갇혀버린 희망처럼
차가운 공기 속에 부서지는 약속들
겨울이 늑장을 부려도
너는 꼭 찾아오리

얼음장 밑에서도 땅속 깊은 뿌리에도
끊임없이 솟구치며 숨을 쉬는 물의 맥
보아라 푸릇해진 쑥
아지랑이 들녘을

새날의 악수

겨울의 끝자락을
살포시 다독이며
오는 봄 문턱에서
너만을 기다린다
아직은 시린 호흡에 온기를 불어 가며

언 땅을 헤쳐 내고
새싹이 움트듯이
서로 향한 두 마음은
이리도 애틋한데
그 누가 등을 밀어도 견고한 우리 사이

이제 한뜻으로
너와 나 나아길 길
머리 위 태양빛을
드높이 펼쳐 놓고
맞잡은 손과 손 안에 한세상을 꿈꾸는

창가에 나는 피고

내소사 꽃문살로
봄바람이 스며들 때
뭇꽃들은 울어도
계랑*은 울지 않았다
에도는 구름산 너머
숨 한자락 잦아들고

옷소매 걷어가며
붓끝을 적신 날들
온 들녘 쓸어가며
기다렸던 사람아
끝끝내 만나지 못한,
먹빛 얼굴 품는 밤

매화가 피고 또 피고
수도 없이 질 때까지
오오랜 침묵만이
그녀를 일으켰나
지금도 시혼은 살아
부안 땅은 청청하다

---

* 매창의 다른 이름

한국대표서정시선

구 재 기

좋은 일
집
시_詩

충남 서천 출생
1978년『현대시학』으로 등단.
시집『모시올 사이로 바람이』『농업시편』『물소리를 찾다』
『솔숲, 정자 하나』등 22여 권과 시선집『구름은 무게를 버리며 간다』등
수필집『들꽃과 잡초 사이, 사람이 산다』
평론집『시의 언덕에서 길을 찾다』외 2권
충남도문화상, 시예술상본상, 충남시협본상, 신석초문학상, 한국문학상, 대
한민국문화예술대상(문인부문) 등 수상.
현. 사)한국문인협회 부이시장

좋은 일

슬픔을 가질 수 있다는 것은
좋은 일입니다.
기다릴 수 있는 슬픔을 가진다는 것은
더욱 좋은 일입니다.

막차는 이미 떠나고
차마 돌려지지 않는
발걸음을 무겁게 돌리면서
눈물 한 종재기라도 흘릴 수 있는
사랑을 가졌다는 것은 좋은 일입니다.

오늘의 날은 이미 깊이 저물어
또 다시 기다릴 수밖에 없는 곳에
내일이 있다는 것은
조금은 더디게 만날 사랑이 있다는 것은
그렇게 좋은 일입니다.

집

두 눈을 뜨면서, 아침
아직 얻지 못하면서 얻었다고 생각하고
아직 알지도 못하면서
이미 다 알고 있는 것으로
무지불식 중 지내는 게 집이 아닐까
봄이 와서 꽃이 피는 것이 아니라
꽃이 피어서 봄을 이룰 수 있는 집
침대에 누워 천정의 격자무늬나 바라보고
등을 벽에 기대어 앞 벽과 면벽하면서
시계가 시간을 만드는 게 아님을 깨닫고
리모컨을 한 손에 쥐고 보면
세상을 조정하는 일도 그리 어렵지 않다
현관문을 열고 밖으로 나서면
집에서 벗어나는 게 아니라
세상에 갇혀 사는 것이 빙자憑藉하다
두 발을 구두 속에 가둬놓고
넥타이로 목을 옥죄고
안경을 끼워 두 눈을 부라리며
절로 들려오는 앞산의 뻐꾸기 소리에
화답해야 할지 말지
여전 망설여지는 것은 어쩔 수 없다.
나도 나의 것도 아닌 세상

때때로 집에 갇혀 있다고 생각하면
지금 여기 있는 그대로
밤으로 오는 저녁, 맞이하다 보면
모든 것은 다 집이 되는 것이 아닐까

시_詩

쓸모없는
구절들만 모아
그 구절들로만 이루어진
백 편 천 편의 시보다
한 그루의 나무가 곧 시다

꼭 쓸모만큼
잎 돋우고
꽃 피우고
열매 맺고
가진 거 다 버리고는

깊은 동안거에 들어간
겨울나무가 곧 한 편의 시다

김 관 식

라일락꽃
눈 내리는 날
삼부연 폭포

숭실대학교 대학원 문예창작과 박사 과정 수료
1976년 전남일보 신춘문예 문학평론 입상
『자유문학』신인상 시 당선(1998년)
낸 책으로 동시집『토끼 발자국』외 20권.
시집『가루의 힘』외 23권, 문학평론집 10권, 문학창작이론서 2권,
소설집『관악산 뻐꾸기』등
한국좋은동시 재능기부사업회 책임자
계간『문예창작』편집고문, 계간『시창작』편집고문,
계간『서정문학』운영위원, 계간『한글문학』자문위원

라일락꽃

사월
라일락 꽃밭에서는
비누 냄새가 난다

살랑살랑 꼬리치며
겨우내 역겨운 냄새
씻어내겠다는 봄바람

나뭇가지 붙잡고 졸라대는 성화에
라일락꽃 나무 서둘러 가지 끝마다
비누 거품 같은 꽃송이
다북다북 매달아 놓는다.

라일락 꽃밭에는
라일락 꽃 향기가 보일락 말락
바람이 흔들어대는
보송보송 꽃 총채마다
풀풀풀 꽃향기가 쏟아진다.

밤새워
라일락 꽃 향기에 젖은

호랑지바퀴
음산하게 울어댄다.

눈 내리는 날

눈이 내린다
펑펑
쏟아지는 수많은 생각들
그 중에서
지우고 싶은 일을 골라
지우개로 지워낸다.
부끄러운 생각들이 하얗게 부서져
송이송이 지우개똥으로 내린다.
차곡차곡
지저분한 것들을 모두 덮기 위해
난타로 흩날리는 눈송이
수북하게 쌓아 놓은 눈길
뽀드득뽀드득
한숨을 쉬면서
또다시 발자국을 남긴다.

삼부연 폭포

철원 용화저수지에서
용화천을 따라 달려온 냇물이
부연사에 다다르자
삼부연 폭포에서 목탁을 두드리며
불공을 드린다.

쉬지 않고
쏟아내는 염불 소리
나무아미타불

궁예의 관심법으로
꿰뚫어보는 불심

겸재도 찾아와
삼부연 폭포를 화폭에 담았다.

찾아온 사람들은
감탄사를 토해내며
핸드폰을 꺼내 폭포를
관심법으로 찰칵찰칵 담아냈다.

김 난 석

달무리

박꽃

다래의 추억

1943년 충남 홍성 출생, 1962년 공주사범 졸업
1962년부터 3년 간 초등학교 교사 역임, 1999년 〈문학시대〉 신인상 데뷔
전 감사원 수석감사관(부이사관) 명예퇴임
한국문인협회, 한국시인협회, 국제펜클럽한국본부 회원
문학시대문인회 회장 역임, 2025년 12월 9일 상남문학상 수상
시집: 〈바라다보매 다 꽃이어라〉 김난석 시집, 2012년 12월 22일
〈바람불어 더 좋은 날〉 김난석 시집, 2017년 3월 30일
〈호반의 시편〉 김난석 시집 2023년 4월 10일
〈대숲 속 바람이듯〉 김난석 포투포엠, 2025년 7월 15일
산문집: 〈꽃눈 뜨자 눈꽃 내려〉 김난석 산문집 2019년 4월 30일
공동사화집
〈추억의 더듬이를 꺼내어〉 문학시대 동인사화집 2025년 12월 5일 외 20집

달무리

아 –
이건 내 안의 것
다 드러내보는 몸짓

아 아 –
밥줄에서 창자까지
나는 모두 이것들뿐이건만

야청 하늘
품는 듯 스며들고 마는
아, 미타彌陀여!

박꽃

섶을 타고 오르는 앙증
훈기만 스쳐도 흐너질 듯
여린 자태여

밤이슬에 젖은 입술
하얗게 바래
더욱 애닯고야

엉겁결에 달빛 머금은 불륜不倫
배는
달만큼 불렀네.

다래의 추억

참한 연둣빛으로
더러는 까슬까슬함으로
목화밭에 달랑거리던 다래는
덤벙대던 나의 별난 먹거리였지

그것 하나 딸라치면
손가락으로 한번 꾸욱 눌러보았는데
어머니 젖꼭지를 그렇게 누른 짓궂은 짓이었으니
이제야 주름진 얼굴이 붉어지는구나

개열開裂하여
탐스런 목화 실 솔솔 풀어낼 날을 기다리며
삼실 방에 꼭꼭 숨어있는 어린 목숨을
입속에 넣고 잘강거리던 천연덕스러움이라니

여리고 달진 긴 꿈을
그렇게 뚝 따내어 생으로 먹어버렸으니
들판을 내닫던 철없는 것은
그래서 매양 어설픈 꿈이나 꾸며 설사를 해댔겠지

여기저기 나대며 흘려댄 설익은 것들
이제 모두 주워 모아 가을볕에 말리고 부수면

한 줌 흙먼지로 쥐어질 뿐일 테니
후우 불어 허공에나 날려 보낼까 보다.

김 영 기

노천카페 2
바람도 잠들더라
하얀 산책길

자영업
서정문학 운영위원
서정문학작가회 부회장
2019년 『서정문학』 시부문 신인상 수상
2020년 무명시인 1집
2020년 문화공보부 우수작 선정 (무명시인)

노천카페 2

안개 자욱한 숲속 공원
부슬부슬 여름비가 조용히 내린다

흔히 볼 수 없는 노천카페 아침
개구리와 맹꽁이 가족들이 준비한
합창이 요란하게 시작되고

메타쉐쿼이어 나무 사이로 퍼지는
안개구름의 연출도 감동적이다

구욱꾹 꾹국 간간이 빈 공간을
채워 우는 비둘기 화음까지
환상적인 비 오는 날의 노천카페

탁 트인 원두막 기둥에 기대앉아
따뜻한 찻잔을 들었다

그대여
이 온전한 자연의 연출을
위하여

바람도 잠들더라

떨어진 낙엽이 바람 탓해서
무엇 하리

가볍게 들썩이던 속울음도
곰처럼 부리던 재주였거늘

그 누가 철없이 깔깔거려도
그들도 모두 한때더라
그대여
어딘가 피고 지는 일들이야
또 다시 오고 가더라도

잠시라도 머물렀다 가는 길
미련일랑 훌훌 벗어던지고

가다가 그리운 이름 있거든
뒤따라 오겠지 하소서

하얀 산책길

밤사이 하얗게 펼쳐놓은
동화 속 같은 설국의 풍경

집집마다 아이들 웃음 소리
썰매의 시동 소리는 늘 요란하다

초롱초롱한 얼굴에
은빛가루 반짝반짝 날리는 아침

빨강 파랑 노랑 눈썰매가
환호 소리와 함께 미끄러져 간다

저 맑고 빛나는 눈동자로 하여금
더욱 눈부신 날

강아지도 놀래 뒤집어진 골목길
새하얀 눈꽃이 핀다.

김 은 경

외로울 땐 버스를 탄다
행복의 기준

지필문학 등단
서정문학 운영위원

외로울 땐 버스를 탄다

누구에게나 엄습하는 외로움이 피부로 스며들 때면,
연안부두로 가는 버스를 탄다.

볼일이 있거나 바다가 보고 싶기보단 무작정 버스에 오르는 습관
을 가지게 되었는데,
연고도 없고 낯설어도 너무 낯선 인천에 집을 계약하고
서울로 발길을 돌리는 그때 심정은 무어라 형언할 수 없는 외로
움이 어깨를 짓누르며 온몸을 얼어붙게 만들었다.

아마도 11월의 차가운 날씨도 한몫했을 것이다.
동암역으로 가는 버스를 기다리는 그곳에 공중전화가 있었고
친정어머니께 전화를 했다.

말도 안 되는 억지와 투정을 있는 대로 다 부렸다.
지금 돌이켜 생각해 보면 나 같은 불효녀는 이 세상에 없을 거란
생각에 마음이 아프다 못해 저려 온다.

우여곡절 끝에 인천에 정착하면서 극복한 게 한 가지 있다.

낯선 곳에서의 두려움과 내면 깊숙이 자리 잡고 있었던 나약함
을 떨쳐 버리게 된 것이다.

배고픔이 두려움을 이기고 여자가 아닌 모성으로 다져지면서 서
서히 강해지기 시작했다.

독감에 걸리지 않으려면 겨울이 오기 전에 미리 독감 예방 주사
를 맞듯이
나 역시 마음이 약해지려 할 때면 미리 예방 주사를 맞는다.

더 깊이 사무치기 전에 연안부두로 가는 버스에 오른다.
이상하다.
모범택시도 아닌데 흔들리는 버스 안이 왜 이리 편안하게 느껴지
는 것일까.

다음이 어디라는 안내 방송도 짐을 들고 오르는 아주머니의
모습도
고단하게 느껴지기보단 삶의 한 부분으로 다가온다.

한 시간도 더 지난 것 같다.
연안부두 특유의 비린내가 찬 공기와 뒤섞여 나의 가슴을 마구
뛰게 만든다.
긴 장화를 신은 아저씨들이 분주히 움직이고 있었다.

이른 새벽부터 지금 이 시간까지 가족을 위해서, 주어진 삶을 위

해 하루 종일 일하면서 허리는 몇 번이나 폈을까.

버스는 왔던 그 길로 천천히 되돌아가기 시작한다.
아무도 알아차리지 못했을 때 어둠은 조용히 내려앉고 있었다

행복의 기준

무겁게 드리워진 암막 커튼 사이로 햇살이 비집고 들어와 나의
볼을 부빈다.

진한 블랙 커피가 혀를 자극하고 쓰디쓴 원두향이 코로 흡입되
면, 아주 짧은 시간에 짜릿한 행복에 젖는다.

알게 모르게 자각하는 행복이란 무엇인가.
가령 사랑하는 자녀의 성적이 우수하게 나왔다든지,
힘겨운 다이어트에 성공을 했다든지,

타인으로부터 인정을 받고 배려와 친절을 선물 받는다면 이 또한
행복한 일이 아니겠는가.

가족을 위해서 침대 시트를 정돈하고
하얀 빨래를 건조대에 가지런히 널고
뽀송하게 마른 눈부신 빨래를 개어 서랍에 넣을 때,

해가 질 무렵이면 종종걸음으로 알뜰하게 장을 보고 정성이 듬
뿍 들어간 저녁으로 남편과 아이들을 기다리는 너무나 평범한 일
상 속에서 행복은 늘 존재하는 것이다.

우리가 느끼는 행복이라는 감정은 크게 다르지 않다.

사람마다 약간의 차이는 있겠지만 가을이면 가는 곳마다 울긋
불긋 예쁜 옷으로 갈아 입은 단풍을 보라 아름답지 않은가.

남녀노소 불문하고
첫눈이 소리없이 소복히 쌓이면 창을 열고 첫눈이 왔다고 소리
친다.

눈 위를 걸어 보라 뽀드득 뽀드득.
인공 눈으로 만든 스키장에서의 눈은 절대 이런 소리를 들을 수
없다.

우리가 알게 모르게 느끼는 소중한 감정이 바로 행복인 것이다.
천재지변만 아니라면 만들어 가면서
노력하면서 가꾸어 나가는 게 행복이 아닐까.

아침에 세탁한 눈부신 흰 빨래를 예쁘게 개면서 보드라운 빨래
살갗에 코를 대어 본다.
자연의 향기가 내 코를 자극한다.

김 은 희

들꽃과 시어머니
독거 어르신의 집
노숙자 허씨

2017년 서정문학 시 부문 신인상 수상
2025년 서정문학 동시 부문 신인상 수상
2022년 서정문학 남산 시화전 대상
서정문학 운영위원
서정문학 작가회 부회장

들꽃과 시어머니

생전의 시어머니는 꽃을 참 좋아하셨다.

크고 화려한 꽃보다는, 길가에 조용히 피어난 들꽃을 더 귀하게
여기셨다.

동네를 산책하는 길, 병원에 가는 길,

그분은 발밑에 피어 있는 들꽃을 고요히 살피며,

작고 여린 들꽃 하나에도 마음을 내어주셨다.

"애야, 밟지 마라. 저것도 꽃이다."

그 마음은, 겉으로는 조심스럽고 담담했지만

속으로는 얼마나 다정하고 깊었는지를 시어머니께서 떠나고 나서
야 알았다.

시어머니는 늘 조용하고 단정한 분이었다.

어떤 순간에도 자신의 존재를 내세우지 않으셨다.

묵묵히 감싸고, 뒤로 한 발짝 물러서시던 분이었다.

밥을 지을 때면

"쌀은 좀 불려야 밥이 맛있다."

생김치를 버무릴 때면

"이건 우리 새 애기가 좋아하던 거니까 좀 더 많이 담아보자."

아무렇지 않게 던지던 말씀들이 사실은 나를 생각한 다정한 마
음의 표현이었다.

밥 한 공기, 국 한 숟갈에 사랑을 꾹꾹 눌러 담아 조용히 내 앞
에 놓아주시던 분이었다.

나는 시어머니의 다정함을 그땐 다 알지 못했다.

다정함도 익숙하지 않으면 그저 '조심스러움'으로만 느껴질 수 있다는 걸

시간이 흐르고, 그리움이 다가오고 지금에서야 알게 되었다.

시어머니와 나 사이에는 늘 한 발자국 정도의 거리가 있었다.

그 거리는 때로는 안도감으로, 또 때로는 말하지 못한 죄송함으로 남아 있었다.

하지만 지금 생각해 보면 그 거리는,

그분이 만든 배려의 거리였고 내가 놓친 다정의 깊이였다.

사람도 꽃처럼, 누군가의 마음을 따뜻한 시선으로 피워주는 이가 있다.

나의 시어머니가 그러셨다

"놔둬라. 저것도 꽃이다."

그 말씀은 그저 꽃 하나를 향한 말씀이 아니었다.

세상 모든 작고 약한 존재들을 동등하게 품으려던 시어머니의 마음이었다.

길을 걷다가 들꽃 앞에서 고개를 숙여본다.

꽃 속에 혹시, 시어머니의 따뜻한 시선이 남아 있을 거 같아서…

들꽃과 나 사이, 다정한 거리 속에서 시어머니를 생각하니 눈시

울이 붉어진다.

　문득문득, 참 많이 그립습니다. 어머니…

　대창리 마을 언덕 위, 시어머니가 잠드신 자리에도 들꽃은 피어
있겠지…

독거 어르신의 집

독거 어르신의 집은 골목길 끝에 있다.
해가 가장 늦게 드는 곳, 사람들의 발걸음이 자연스럽게 줄어드는 자리다.
봉사자들은 주소를 몇 번이나 확인한 뒤에야 작은 철문 앞에 선다.
녹슨 문고리는 계절을 잃은 채 시간을 붙들고 있고,
벨은 여러 번 눌러도 기억을 잃은 새처럼 울지 않는다.

봉사자들이 손바닥으로 문을 두드린다.
소리는 이내 사라지고 침묵만 철문을 단단히 붙든다.
돌아서야 하나 망설이는 순간, 공기 사이로 마른기침 하나가 흘러나온다.
부서질 듯 얇은 소리, 어르신의 작은 신호다

문이 열리자 어르신이 구부정하게 걸어 나온다.
안경 너머 시선에는 반가움과 경계,
그리고 오래 혼자였던 침묵의 무게가 비스듬히 기울진다.

봉사자들이 어르신의 집 안으로 들어선다.
움직임을 잃은 공기, 방 안은 조용하다.
창문으로 들어온 햇살만이 방바닥에 길게 누워 하루의 온기를 공급한다.

어르신이 물을 권한다.
컵 안에는 지나온 계절들이 고요히 가라앉아 있다.

봉사자들의 온기가 방 구석구석을 쓸고 닦는다.
 손에서 손으로 옮겨 붙은 체온이 낡은 벽지의 주름 사이에 스며
든다.
돼지고기 뭉턱뭉턱 썰어 넣은 김치찌개, 보글보글 숨을 쉬며
오늘과 어제, 그리고 아직 오지 않은 내일까지 한 냄비 끓여낸다.
봉사자들이 자리에서 일어설 시간이 다가오자
방 안의 햇살도 기지개를 켜며 천천히 신발을 신는다.

어르신의 하루하루가 어디까지 이어질지도 알 수 없지만,
오늘의 온기가 이불 속에서 어르신의 등을 따뜻하게 떠받친다.

노숙자 허씨

장마가 막 시작된 초여름,

종로5가 광장 시장 입구의 비닐 차양은 밤새 내린 비를 이기지 못해 가장자리마다 물을 떨구고 있었고, 젖은 아스팔트 위로 튀김 기름 냄새와 쉰 막걸리 냄새가 뒤섞여 흘렀다.

새벽 다섯 시, 밥을 벌러 나온 노숙자 허씨는 시장 골목 가장 안쪽, 순댓국집 셔터 앞에 잠시 몸을 기대고 있었다. 살아생전 뜨거운 밥상에서 국밥 한 그릇 배부르게 먹는 것이 소원이라던 그는, 그날도 어김없이 빈 보따리를 오른손에 움켜쥔 채였다. 빗물에 눅눅해진 점퍼 안쪽으로 비바람이 스며들 때마다 그는 짧게 기침을 했고, 숨은 늘 남의 눈치를 보듯 작고 얕았다.

허씨의 삶은 방앗간의 오래된 천장처럼 여기저기 금이 가 있었다. 생활고라는 이름의 거미줄이, 오래도록 마음과 등을 얽어매어서, 그는 한 번도 가슴을 활짝 펴본 적이 없었다. 시장 사람들은 그를 늘 고개 숙인 모습으로만 기억했다. 비 오는 날이면 더 작아져, 마치 빗줄기에 눌린 종잇장처럼 바닥에 붙어 다녔다.

허기로 밤을 새운 그날도 허씨는 새벽밥 한 그릇 얻기를 소원하다가 빗물과 함께 쓰러졌다. 새벽 장을 준비하던 상인들이 하나둘 불을 켤 무렵, 그는 이미 새벽의 부름을 들을 수 없는 쪽으로 흘러가 있었다.

죽어서야 그는 어깨를 폈다. 주눅 들어 접혀 있던 등이 처음으로 곧아졌고, 움켜쥔 보따리 꾸러미는 끝내 풀리지 않았다. 그 안에 무엇이 들었는지는 아무도 몰랐지만, 아마도 뜨거운 밥 한 숟갈로 버텨낼 내일이었으리라.

허씨의 얼굴을 오래 씻어주던 빗물은 시장 바닥의 배수구로 흘러 갔고, 광장 시장은 아무 일 없었다는 듯 다시 하루를 시작했다.

김 현 희

그 자리서 순하게
소문자 me
추억 속 엄마

충남대 국문과 석사 졸업
2016『서정문학』시 부문 신인상, 2022 시집『소식주의』서정문학 대상
『한국대표서정시선』공저자
서정문학작가회 회원, 명리학 칼럼니스트

저서 :『명리학그램1-작은 인문학』(2019),『명리학그램2-사주 통변론』(2020)
　　　『명리학그램3-사주 통변술』(2022),『명리학그램4-12운성론』(2022)
　　　『명리학그램5-60간지론』(2023),『명리학그램6-사주 실전론』(2023)
　　　『명리학그램7-남녀사주론』(2024),『명리학그램8-사주하 총론』(2025)

시집 :『껍질의 시』(2020),『고수(高手)』(2021),
　　　『견유주의』(2021),『소식주의』(2022),
　　　『흐르는 섬』(2023),『엄마의 손톱』(2025).

그 자리서 순하게

굴복이 쉬운 일상 탓하지 않는다
가장자리 작은 풀꽃 예뻐하고

지나고 나면
아침의 순진이
정오의 열정으로 타올랐다가
황혼으로 가라앉는 게 순리

'누구나 그래.' 에서
덜 벗어나며
오기의 힘줄로 상심의 절벽 버티는 이웃과
토닥이는 아픔 나누고

모래시계 속 모래 한 알 같은 시급에 감사하고
연민의 초석礎石, 속 깊게 다지면서

소문자 me

부드러움을 산다
예민한 신경 정갈하게 다림질하고

심중은 외부에 좌표 없는 평온의 독주곡
조금 먹고사는 마른 문인화

삭아가는 세월 살갑게 손잡고
살아내는 수렁은 누구에게나 공정하고

기초대사만으로 호흡하는 가엾은 서사들은
슬픔 마른 추억의 놀이터

내일도 자생自生으로 살기 바랄 뿐
시비 판단 없이 무채색으로

추억 속 엄마

남편은 무능한 술꾼
자식은 만년 취업 준비생
결혼 안 했으면 자식 안 낳았으면 했던

근면 외에 내세울 게 없던 엄마
말기 암인 줄 모르고 맏딸의 생일 미역국
하나밖에 없는 엄마 맛으로 끓여 놓고

그날 밤 저승문 열면서도
자식 밥 먹는 모습이 제일 예쁘다는
고집 센 모성으로 척박함을 개간했던 야생화

질 낮은 살림의 뻘밭에서
살아야 했던 이유는 단 하나, 자식 사랑
문패 하나 세우지 못하고

유난히 맑은 가을 초입
핏줄 잊고 자유 영혼 되었을까
삶의 전쟁 치르지 않는 들판에서

김 호 천

드들강의 고요
관능의 진주
삶의 형용사

전남 장성 출생
서정문학 시부문 등단
서정문학작가회 회원
광주시인협회 회원
광주시문학상 작품상 수상(2013.12.16)
광주문인협회 회원
서정문학작가회 회장 역임
시집 : 『초원의 반란』, 『변산바람꽃』, 『밤실』
hcnkim@icloud.com

드들강의 고요

아내가 외출하여
흑염소를 찾아왔네.

비가 추적추적 내리는 오후
'리비에르' 찻집에 앉았지.

창밖의 드들강은
비를 맞으며 잠자듯 고요히 흐르네.

강 건너 마을은
안개에 묻힌 듯 만 듯 오수에 잠겨 있고.

강가의 이름 모를 물풀은
바람에 너울거려 고요를 흔드네.

아내를 앞에 두고 아린 나를
드들강이 다독이듯 안아 주네.

강이여, 흘러라.
비야, 내려라.

관능의 진주

둥글고 유려한 곡선,

매끄러운 표면 위로 빛이 흐른다.

좁고 가녀린 어깨의 선,

긴장을 비워내어 더욱 유연한 아름다움.

탐스러운 과실의 과육처럼

살갗 위로 번지는 은은한 매혹.

결을 드러낸 여자의 어깨는

관능의 섬광이 되어 숨결을 흔들고,

위태로운 옷의 경계는

살며시 약속하듯 속삭인다.

조롱박을 엎어놓은 듯,

나란히 놓인 두 개의 반구半球.

진주의 영롱함이 깃든 어깨 위로

뺨의 곡선과 무릎의 둥글음이 겹친다.

웅크려 안은 두 무릎이

또 다른 구체가 되어 다가설 때,

남자의 눈 안에서 모든 선은 비로소 완성된다.

둥글고 부드러운 신호,

관능의 언어는

어깨와 가슴, 그리고 무릎 위

그 매끄러운 궤적 속에 살고 있다.

삶의 형용사

삶은 언제나 형용사를 입는다.
본디 모습만으로는 부족한 듯,
내밀한 삶, 귀족적 삶, 개 같은 삶
갖가지 이름과 수식어를 뒤집어쓴다.

신경과 내장과 근육과
생명 유지의 구조만으로는 설명될 수 없는,
흙과 숨결이 빚어낸
한 점 작품인 양 우리 앞에 놓인다.

무엇을 성취했는가,
그것이 우리의 이름이 되고,
우리의 자리가 되어
세상 속 의미를 찾아낸다.

그저 사는 것만으로는 모자라다.
의미가 필요한
어떤 소망에 휘감긴 삶
그래서 우리는 형용사로 덧칠한다.

우리의 삶은 존재를 넘어
지향하는 목적을 향해 묵묵히 걷는다,

완성되지 않은 문장처럼.

의미라는, 그 마지막 단어를 향해.

죽음이 삶에게 전하는 말
두 눈 감고 하늘 향해 누웠다
은행잎이 노랗게 물들면

경남 고성 출생. 진주교육대학교 졸. 방송통신대학교 졸. 정토불교대학 졸.
양산 원동초 교장. 고성 거류초 교장(정년 퇴임). 서정문학, 한반도 문학,
세계문학 예술작가협회, 열린 동해 문학, 4대 문학 신인문학상 수상.
(시. 수필) 등단. 역서: 반야심경 광본. 금강경.
한국대표서정시선 14, 15, 16 (공저).
ndh9988@han.mail.net

죽음이 삶에게 전하는 말

가을밤 단풍잎 떨어지는 소리
삶과 죽음이 헤어지는 소리
아름다운 이별의 노래
허공에서 가슴 울리더니
그 노래 구슬프구나.

죽음의 슬픈 눈빛 속삭인다.
더 늦기 전에 서로 사랑하라고.
용서하라고.
내일이면 늦어
지금,
고맙다는 말
미안하다는 말
괜찮다는 말, 하라고.
삶이 당신에게 남아 있는 동안
그렇게 해야 한다고.

삶의 방향은 무엇을 쌓기보다
내려놓는 것을 배워야 한다는 것을
세상 끝나는 날이 오더라도
그렇게 해야 한다고.
죽음을 통해 삶의 진실을 알고

삶을 사랑하는 법 배워야 한다고.
죽음의 붉은 입술이 다가오기 전에

두 눈 감고 하늘 향해 누웠다

숨소리 멈추면
용광로 불꽃 속에 있은들
차가운 물 속 깊이 있은들
티 없이 맑은 가을 하늘
형형색색 단풍잎이 온 산을 뒤덮은들
당신은 어찌 알겠는가?
한 줌 흙으로 돌아가려고
울긋불긋 깃발 펄럭이며
소나무 장작개비 산처럼 쌓아놓고
그 위에 두 눈 감고 하늘 향해 누웠다.

"아제아제 바라아제
바라 승아제 모지 사바하"
염불과 목탁 소리
골짜기마다 가슴마다 산울림 된다.
하얀 연기 하늘 높이 치솟다가
안개처럼 가라앉으면
시뻘건 불꽃 혀를 날름거리고
당신의 손 다정하게 잡으며
불꽃 속으로 홀연히 걸어가는구나!
인연 따라 세상에 왔다가
인연 따라 떠나는 것인가!

가는 것도 아니고 오는 것도 아니리라.

당신이 누웠던 자리
흔적조차 사라지고
하얀 뼈 몇 조각만 남았네.
파아란 하늘 산새 소리 아름다운데
당신 이름 애타게 불러도
대답조차 없고
늦가을 단풍잎 떨어지는 소리
더욱 쓸쓸하구나!

은행잎이 노랗게 물들면

자동차 줄줄이 오가는 가로수 거리
은행나무 긴 줄 서 있다.
노란색 치마저고리 화려한데
수줍어하며 조금씩 옷 벗는다.
한 겹씩 벗어 하늘 향해 던지면
하늘 가득 별이 되어 반짝인다.
아! 가을이구나!
속 옷마저 벗어버릴까?

무더운 날 녹색 외투 껴입더니
흰눈 내리는 날 속옷마저 벗어버리면
앙상한 갈비뼈만 드러나
살아 있는 것인가?
죽어 있는 것인가.
맥박은 거침없이 뛰고
밤새도록 숨 가쁜 기침 소리 들린다.

계절 따라 옷 바꿔입는다고
노랗게 물든 은행잎 아름답다고
노래하지 마라.
부드러운 속 옷마저 벗어버리고
흰눈 내리는 언덕을
발가벗은 맨몸으로 달려가고 싶다.

知音 남성대

토기장이의 달항아리와 어느 시인의 연가
어느 시인의 곡조 없는 노래
시인의 바다에는 지금 어떠한 변화가 일어나는가

아호 悟恩,(1952년생), 한빛문학회 시 부문 등단(2018.6)
현대문학사조 수필 부문 등단(2018.12) ・한국문학예술저작권협회원
한국음악저작권협회원 ・한국문인협회 정회원
서정문학회 운영위원 ・한국문예 운영위원
저서: 시집 1『별똥별』(2024), 수필『병상일지』『살람 알아이쿰』
　　　『어머니의 일기장』,『흰눈 내리는 밤에』 등 다수,
　　　소설: 장편소설『천사의 두레박』
중편소설『집착』**미 발표 작품, 가곡: 작시 〈모정〉 외 〈달빛연가〉
〈낙엽이 지는 까닭에〉〈고향 생각〉〈약속〉〈바위섬〉 등(이종록 작곡)
이메일 a43772350@gmail.com

토기장이의 달항아리와 어느 시인의 연가

토기장이는 무엇을 추구하기에
밤낮 없이 빚고 부수기를 반복하며
시인은 무슨 연유로
고독 속에서 고심을 하며 고난을 자처하는가?
무거운 짐을 지고 가파른 언덕길을 오르는 인생이여!
누구라도
자연이 암시하는 바에 귀기울인다면
새들의 지저귀는 소리 결코 그치지 않으리니
그 이름 모를 작은 새는
언제나 영혼의 횃대에 걸터 앉아서
아름답고 신비로운 목소리로
은밀히 속삭인다네

자연이 그러하듯이
바람과 햇빛은 편견이 없으니 서로가 다투지 않으며
초목은 평화롭게 군락을 이루며 생태계를 유지한다네

스스로를 만물의 영장이라 여기면서
끝 모를 욕망과 기발한 발상으로
세상은
좌충우돌 바람 잘날이 없으니
오로지

서로에게 책임을 전가하며
평화를 위하여
전쟁을 한다는 모순이여!
정녕
꽃보다 아름다운 것이 진실이라면
마땅히 추구해야 하는 것 또한
진리와 사랑이려니
진정한 행복은
배려와 겸손 속에서 피어나는 향기로운 꽃처럼
영혼이 맑은 지극히 낮은 소수만이 누릴 수 있는 혜택이라오

어느 시인의 곡조 없는 노래

정녕
텃밭의 잡초는 무성한데
성급히 결실을 보려는 자아여!
부귀도 공명도
풍부한 지식마저도
행복의 척도는 아니듯이
시의 영역 또한
사물을 주시하는 관점에 따라서
결과는 상이하게 차이가 날 뿐,
처음부터
왕후장상의 씨앗이 따로 없듯이
영혼의 기근이 심할 경우
제아무리 고심을 한들,
난해하기 그지없는 고뇌의 연속이라네

더러는
아름다운 문양에다
화려한 언술로서
대리석에 아로새겨
후세에 전하려 하지만,
진정성이 결여된 시문詩文 보다는
오히려

외허내실外虛內實이 낫지 않을까?
고뇌와 열정 없이
표면적인 것에 치우치다 보면
내실內實 없는 실상을 여실히 드러내 보일뿐
누구라도
시 짓기에 진심이라면
자연에 대한 진정성이 깃든 열정으로
고뇌의 늪지대를 지나
거친 숨소리와 함께 가파른 언덕길을 등반하지 않고서는
시야를 확보할 평탄한 지름길은 없다네
행여나
스쳐지나간 바람처럼
고귀한 한 영혼의 횃대에
잠시나마 걸터 앉아 머무를 수 있으려는지

시인은 자연의 순리를 따라서
산야로 해변으로
때로는 질펀한 갯펄을 더듬듯이
고뇌와 함께 상상의 나래를 펼치는 것,
오로지 마음속에 간직한 좌표 하나만으로
홀로 자욱한 안개속을 헤쳐나가야만 한다네
시인은 언제나 내일은 오늘 보다 나으리라는 신념으로

사색思索의 터널 속을 거닐며
곡조 없는 노래를 부른다네

시인의 바다에는 지금 어떠한 변화가 일어나는가

시인의 바다는

잔잔하고 여유로워 보이지만

심연에는 격랑이 인다

일상은 단조로운 것 같지만

내면은 인내와 고독의 연속이다

잠깐의 희열과 함께

실망과 좌절의 늪에서 허우적거리며 사투를 벌인다

단 하나의 성취감과

열정 하나로 버티어 내야만 한다

때론 방황 속에서 좌표를 잃고

낯선 포구에 닻을 내리는 날이면

자기 연민에 빠지기도 하지만

또다시 집시처럼 대해를 누비며 정처 없이 떠돈다

내일은 오늘 보다 나으리라는 신념으로

미지의 그 무엇을 찾아 헤매지만

드넓은 대해에서 실패와 좌절 끝에 맛보는 성취감은

영혼의 마중물이라고나 할까

시인은

숙명과도 같은 이상을 향한 열정 하나만으로

돈키호테와 같이 서슴없이 돌진한다

좌절의 늪지대를 지나서

밤이 낮인 냥
숙고 끝에
드디어
도시의 불빛에 가려진
북극성의 그 영롱한 자태를 발견한다

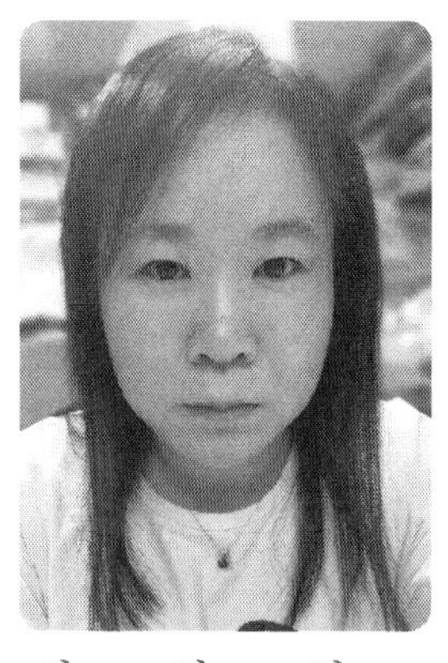

배　경　희

편지
헤어짐의 끝은 사랑이라서
누구요?

서정문학 시부문 신인상 수상
서정문학작가회 회원
시집:『바다알』『바다알 두번째 이야기』
hufy3883@naver.com

편지

한 문장…
한 단어… 한 글자…
당신을 위하지
않은 것이 없다.

모든 순간
모든 생각… 모든 기도…
당신만을 위하지
않은 것이 없다.

내 삶을 담아
내 오늘을 담아
내 행복을 담아
당신을 위해 편지를 쓴다.

헤어짐의 끝은 사랑이라서

다시는 생각조차 안 할 거라고 밀어내니
바로 너와의 추억이 밀려온다.
너무 밉다. 미워만 할 거라고 생각하니
바로 미안했던 일들만 가득가득 생각난다.

이별의 끝은
홀로 남은 허전함일까?

사랑이란 건
뒤 늦게 보여지는 걸까?
함께 할 때 사랑이라 보여진 것이
행복이란 것이 였을까?

누구요?

작은 상자에 담겨
형체도 없이
조국祖國으로 돌아온 그대여!

어찌 그리되셨소?
누가 그랬소?

침묵의 당신이 잊혀지길 바라는
저들에게 돌을 던지시오!
악! 소리와 함께 진실을 말하게…

의미 없는 삶이 없듯이
까닭 없는 죽음 또한 없소!

저들의 양심을 두들겨
진실을 말하게 하시오!
당신과 함께 나온
저 백골…
그들은 누구요?

동 암 안 영 호

인간관계의 틈
그믐달
배롱나무꽃

서정문학작가회 회원
한국 본격문학작가협히 회원, 강진 문인협회 회원
시집 : 『머물고 싶은 세월』, 『세상살이 엿듣기』, 『우리 꽃 야생화 잔치』
수필집 : 『가르치며 배우고 배우면서 가르치고』
자서전 : 『CEO 시작해서 마무리까지』
anyoung119@hanmail.net

인간관계의 틈

우주에 존재한
모든 것엔 틈이 있듯
인간관계에도
타인이 들어설 수 있는
틈이 있어야 한다.

허점을 용납하지 않은 사람은
얼음 덩어리처럼 차가워
다가갈 틈이 없지만
틈이 있는 사람에겐
다가갈 수 있기에
따뜻한 인간미를 느낄 수 있어 정겹다.

소통이 안 된 사람은
자신을 벽에 가두기에
들어갈 틈이 없고
틈이 있는 사람은 동반자가 찾아와
삶을 행복하게 해준다.

그믐달

음력 마지막 날쯤
새벽녘 동쪽 하늘에
눈썹 같기도 하고
아기 손톱 같기도 한
실 같은 빛으로
잠시 떠 있다
일출과 함께 사라진 그믐달

탄성을 자아내게 한
가느다란 곡선 모양이
어찌나 요염하고 깜찍해
감히 다가가 손댈 수도 없고
말도 붙일 수 없는
외로운 여인네 같아
가련해 가슴이 아린다.

온갖 풍파를 다 겪어서
얇고 희미하게 떠
금방 사라질 듯한 모습이
마치 소박맞은 여인네를
아무도 바라봐 주지 않은
원한 맺힌 모습 같아

애잔해 보인다.

실 같은 빛으로 어둠을 밝기다
그믐달이 보이지 않은 것은
영원히 사라지는 것이 아니라
한 달의 힘든 여정을 마무리하고
잠시 휴식을 취하면서
다시 부풀어 오르도록 하려고
근신하는 기간인 것 같다.

배롱나무꽃

신록이 있는 계절엔 미동도 하지 않다
다른 꽃들이 감각이 잃어갈 즈음
작은 꽃송이가 함께 어울려
포도송이를 올려 세운 모양으로
100일 동안 여러 날에 걸쳐
피고 지고 피고 지는 여름꽃

휘어진 가지마다
떠나간 벗을 잊지 못해
붉게 피어 있는 모습이
마치 비구니 스님의
잔잔한 미소 같아
청아한 기품이 느껴진다.

배롱나무꽃이 붉게 피었다
바람에 흔들려
꽃비를 내리면
벼가 익는다고 해서
쌀밥나무라는 별명을 가진 나무가
실오라기 하나 걸치지 않은 채
뼈마디를 드러낸 모습이
무용수의 몸매와 같은 나신이다.

안　태　성

대금굴

봄날

미호종개

2010년 서정문학 시부문 등단
내수문학 회원
한국예술인협회 회원
an70411@daum.net

대금굴

동굴은 길고 아늑하다
물방울 똑똑
석주를 세우고
종유석을 병풍처럼 두른
환상의 꿈의 궁전
수억 년의 시공을 초월한 물
만물의 형상을 만들고
표표히 길 떠난 물

수만 개 갈래의 물들이
어깨를 나란히 하고
모이고 모여서
동굴 속에 폭포가 되고
포효하며 쏟아지는 물의 향연
간담이 서늘하고 탄성이 절로 나네
물은 자연스럽게
위대하다

봄날

날으는 새들 깃털을 뽑아
둥지를 틀고
은빛 반짝이는 물고기
산란의 기쁨으로
한 줄기의 햇살과 눈 맞추다
도란도란 피어나는 꽃 향기

날씬한 몸맵시
아름다운 꽃바람
온다는 말도 없이
달빛처럼 살며시 찾아온
눈부신 봄날은
다홍치마 산득산득 분분한
꽃무리

미호종개

미호천 팔결교 강변에 앉아서
모래알을 세고 있던 신선
옥색치마 노랑저고리 단장한 봄처녀
활처럼 굽은 등 토닥이며
생거진천 어디쯤에서
그 후손들 잘살고 있을 거라고
넌지시 귀띔하고 가네

옛날 옛적 수원 서호에서
전설처럼 살다가 절멸한 작은 물고기
시카고 박물관 표본실에
유일하게 남아있는 서호 납줄갱이가
목청껏 외칩니다
익수키미아초이[*]
천연기념물 미호종개[**]
너는 나처럼 되지 마라

미호강 까치내에 날아 왔다가
바다로 가는 길을 잃은 갈매기가

---

[*]   익수키미아초이 : 미호종개 학명
[**] 미호종개 : 미호강 팔결교 아래서 발견되어 2005년 천연기념물 제454
      호로 지정된 미꾸라지과 물고기

끼륵 끼륵 소리치며

붉은 노을 아래서 대답해 주네요

오　상　연

모정의 맛

오동나무 상가喪家

빠른 소화력

경북 출생
서정문학 등단
형상시학 사무국장
서정문학 발행인상. 작가상
제12회 청송객주문학 시부문 은상 수상
저서: 『비의 물음표』 외 2권

모정의 맛

무연고의 주검을 파묻고 온
한 사람의 바닥 젖은 장화에 밟혀 봐야
가시 세우기에 급급했던 몸
껍질의 아픔을 진정으로 느끼지

바람 불고 때가 되어, 그냥 떨어지고선 아픔이 아닌
이별에 떨떠름한 맛
이젠 표정을 풀어도 돼

땅으로 툭! 내려꽂힐 때 가시 몇은 으스러졌지

다람쥐 꼬리로 유혹한 단맛을 주워가는 자
불룩불룩한 호주머니 속에서
내려오던 산길은 흡족했으리

한 알 두 알 모은 연모의 정이
한없이 그리워진 건,
무엇이라도 감추었다 꺼내 줄 넓은 치마폭

알밤 같은 눈물 툭툭 떨구어 본 사람끼리 모여
밤의 비탈에서 까는 밤은

어떤 맛인지, 알기에

이제는 나도 달콤해지려 하지

오동나무 상가_{喪家}

남은 열정 하나가 뼛속 어딘가에
있을 법도 해서
까치 발 들고 담장 너머를 살핀다

자꾸만 돌아갈 구석을 기웃대는
가을 오동나무 낙엽에서
아옹다옹 햇살 한 줌 움켜쥐려다가 눈먼 나는
떠난 한 사람의 뒤에 남겨졌다

무녀의 방울 같은 오동나무 열매를 향해
허한 마음 손가락 뻗는 황혼 녘

노을에 흔들리다가 무릎에 생겨난 겹주름처럼
눈짓다운 눈짓 한번 남기지 못해
주눅 든 영혼은 또 어디로 데려가야 할까

연기_{緣起}의 탯줄 하나
바늘귀에 꿰어 당겨
앙상한 나무 꼭대기에 올려놓은 방패연

쭈글쭈글한 배꼽에 향을 피운다

빠른 소화력

감자를 깎던 칼이 강냉이 등을 친 거지

건져 올린 채반에 바글거리는 올챙이
꼭 강원도가 아니라
열대인 대프리카에서도
만나기 위해 꼬리를 치는 자세가
유명세 타기를 시작했어
떼로 몰려든 올챙이는 무쇠솥 속으로
풍덩 몸을 숨겼어
미안하게도 난 소리를 질렀고
달아나는 올챙이가 숨은 곳은
이 틈이거나 목구멍
올챙이를 마시려다 사발을 마시진 말아야 했어
곁들인 파는 숨죽어 흐물거렸고
깔끔해서 시끄럽지 않은 감자전 속으로
식기 전 들이미는
국숫발

내일 아침엔
항문 밖으로 뛰어나올 개구리를
기다려야 할지도 몰라

오　영　석

농담

깡통

휴면 계좌

전북 고창 출생
전북대졸업 및 전북대 대학원졸업
『서정문학』 등단
『미래시학』 신인문학상 수상
시집:『국숫집이 그립다』

농담

사과밭에
사과가 떨어졌다

두 행성의 충돌에도
지구가 안전한 건
사과의 안전핀을 물고 있는 벌레와
지축을 살짝 기울여 놓은 노모의 지팡이 덕분이다

다행이다
지구에 일어난 일 아무도 몰라서

깡통

우연한 일이다
툭, 깡통을 발로 찼더니
얼마간 굴러가다가
으르렁거린다
다시 한번 툭, 건드려 보았더니
이번엔 더 사납게 바짓가랑이를 물고서
나를 끌고 가려고 한다
어디 또 차 볼 테면 차 보라고
사나운 이빨 드러내며 으르렁거리는데
제자리에 가져다 두려고
공손하게 손을 내밀자
몸속의 혀를 내밀며 침을 흘린다
옆구리가 휘었다는 것만으로도
누군가에 무심코 차였다는 흔적
우연한 일이다
남의 밥그릇을 툭, 차 본 일

휴면 계좌

십 년 전,
유품을 정리하다가 발견한
휴면 계좌가 있어
돌아가신 아버지가 용돈을 주려고
은행에 계신 것 같아
신분증과 도장을 들고 달려간 적이 있다

먼 곳의 자식이 올 때면 나도
유품처럼 남겨두고 싶은
비밀 통장이 있다
아내한테도 말하지 않았다

오 정 임

명태

겨울 여행

표현

전국 새얼 백일장 장려상(2011)
전국 새얼 백일장 차상(2014)
서정문학 신인상(2016)
남산문학대회 시화전 우수상
서정문학 운영위원
서정문학작가회 부회장
시집:『푸른 은하수』

명태

더이상
내어 줄 것 없이
바싹 타 버린 몸

끝없는 사투로
숭고한 무릎 꿇고 매달려
껍질까지 헐벗고 나면
쫀득해 지는 속살

천지가 설국이다

하루는 태양을 우러르고
하루는 바람에 휘청이고
또 하루는 차가운 눈을
입으로 삼키다
숨이 막혀 죽을 때쯤에야

비로소
마지막까지
내어 줄 수 있다는

겨울 여행

옥상 위 하얀 빨래가
순백의 자유처럼
펄럭거린다

유배지 같은 겨울
영혼 사이로 오만하게
가슴을 파고드는 갈바람

외발의 백조처럼
흔들리는 자아

그리운 것을 찾아야지
끊어진 사랑을 찾아야지
겨울 여행을 떠나자

후지 필름을 돌려 넣던 시절
결박당했던 눈물을 머금게
하는 내 아버지와 형제들이
박제되어 있는 사진 속으로

뜨거운 정을 잘 버무려 먹고 난 후
꿈같은 겨울 여행은 끝이 났다
다시 봄처럼 살아야지

표현

까칠해진 어깨선에 올라와
장미 코사지가 달린 신발을 벗어 놓았다
회색 무늬 잎사귀를 내려다 보다
이처럼 자극적이고 선명한 선물을
받고도 표현 못한 것들에 대한 아쉬움에
높낮이를 그려 넣은 푸른 들판을 눈동자로
뛰어 다니다 앙증맞은 세 개의 꽃잎 앞에서
동그랗게 휘말려버린 심장이 되어본다
표현하지 않아도 알 것이다 "라는" 추측 앞에서
흘러가버린 시간의 태엽을 되감아 보는 은밀함
I 의 성향과는 어울리지 않는 과감하고 도도한
옷이 자꾸만 나를 보고 웃어서 나도 모르게
꽉 껴안아 주었다
그녀가 삼사 년전 우연히 알게된 내 생일날
이토록 화려한 니트옷을 선물해 주고 난 후
늦가을이 되면 한 번씩 꺼내 입는다
이제서야 그 패턴 안에 그녀를 새기다 실을
하나하나 소매끝에 핀 빨간 꽃을 쓰다듬어 본다
'가슴, 한쪽에 세모의 마음들이 지나간 것은
아름다웠느냐?'
이유 있는 눈치들이 자꾸만 질문을 해대고
움추려 피지못한 꽃은 이제서야 보지 못한 등쪽

낯선 골목에서서 서투른 우정의 번지수를
찾고 있었다
변방으로 깃을 펴는 겨울새를 닮은 양팔을
들어 손을 흔들었다
이제서야 깊이 새겨져 오는 이름

유 임 순

시와 삶

다시 쓰는 애가 —교수님 시집 두 권을 다시 읽고

신성한 선물

2022 세종시 중등 교장으로 정년
2022 서정문학 시 부문 신인상, 2023 수필 부문 신인상으로 등단
2023 문학시선 윤동주 탄생 제106주년 기념 공모전 우수상
2023 문학시선 제4회 타고르 문학상 최우수상
현재 서정문학작가회, 고마문학회, 세종마루시낭독회 회원

시와 삶

시인은 시를 쓰기 위해 사는 사람이 아니라
삶의 매 순간을 절실하고 고귀하게 살고자 하는 사람이다

시는 언어로 만든 아름다운 구조물이 아니라
가슴 속 깊은 곳 진실의 되울림이 다른 가슴을 헤집는 것이다

시를 위해 삶이 있는 것이 아니라
삶을 위해 시가 있는 것이다

삶을 삶답게 이끄는 시
시를 시답게 만드는 삶이란 얼마나 매혹적인가

시와 삶은 서로 앞서거니 뒤서거니
사이좋은 영혼의 샴쌍둥이처럼 꼭 붙어있기도 한 것이다

다시 쓰는 애가
-교수님 시집 두 권을 다시 읽고

스승이여,
깊은 창천을 나는 새처럼
하늘을 훽훽 나는 물고기처럼
처연한 어미 얼굴 슬픈 낮달처럼
아, 우금티 동학군의 콸콸 솟는 선혈처럼
마침내 둥둥 울리는 북소리 저 도도한 금강의 젊은 물살처럼
당신은 이곳에 살아 계십니다

공산성 자락 새 둥지 같은 집
여섯 식솔 가장의 무게는 오히려
당신 삶의 잉걸불이었고
올곧은 역사를 고누는 선각자의 고뇌와
참스승의 담대한 걸음은
또 하나의 횃불이었습니다

한 줌 쌀과 소금으로
두보처럼 스스로 궁벽을 사랑하고,
고독, 견고한 고독, 절대 고독 속
아, 시의 심장에 다다른, 오두막 황제
끝내 붉은 노을길 홀홀이 걸어가신
뒷모습 우러러

이제 더는 눈물 흘리지 않겠습니다
당신은 이제 해와 달과 별의 빛으로
온갖 곳에 계시니까요
저 뜨겁게 일어서는 활자 마디마디
언어의 광휘로 살아 흐르니까요

나 이제야 고향으로 돌아가느라
한평생 모든 사람이 귀하였느라
저마다 한울이고 부처이고 보물이었느라

신성한 선물

아가야,

하느님은
해와 달을 공중에 걸어
온누리를 밝히신 다음

너를 보내
온 마음을
천국으로 물들이셨다

일찍이 에덴의 선악과로
남자는 이마에 땀을 흘려야 먹고
여자는 죽음 같은 해산의 진통을 겪게 되었지만
햇덩이
달덩이
평생 꿈도 꾸지 못한
찬란을 주시어
온갖 시름을 잊게 하셨다

나도 아닌
너도 아닌
새롭고 순결한 이 살결과 눈동자

네가 하늘에서 온 이가 아니라면
어찌 이리 눈부실 수 있느냐.

태초의 생명이 지닌 거룩한 시를
울음으로 웃음으로
신비로운 속눈썹 위로
장미꽃잎 같은 입술로
날마다 순간마다 펼쳐 보이는 아가야

이 크나큰 축복
온 세상을 주고도 바꿀 수 없는
내 모든 것을 다 주어도
아깝지 않은 사랑아

온 어둠을 물리치는 빛으로 왔으니
나날이 깃드는 지혜의 빛으로 여물어
신성한 시간의 여행자가 되거라

하느님은 너를 보내며
무한한 사랑이 솟는 샘을
함께 내리시고
가장 맑고 깊은 영성을
우리 안에 일으켜 주셨다

棗蛇 윤 규 수

윤회輪廻

여백

공심空心

서울시 행정법정배심위원, KTS&G임원, 공무원
대한민국예술원장상 외 다수, 성균관대학교유학대학원
"명리" "일모도원" "윤회"로 등단
저서:『내 삶의 기행문』,『길 위에서 나를 만나다』
　　　『노인자원봉사활동 관리론』,『미소』,『이정표없는 길을 혼자 걸으며』

윤회輪廻

울지 마라
슬퍼하지 마라
아파도 하지 마라

시작도 끝도 없는
영겁永劫의 둘레길을
돌아가는 길이다

임계점 없는 미로 속을 유영하던
어제와 오늘이
삶과 죽음이 둘 아님에

부질없는 탐욕의 세월 뒤에
승패 없는 인생 여정이
완성되는 길이다

해 뜨고 달지는 삼백예순날
먼 길 돌아 다시 만날
그날 위해

울지 마라

슬퍼하지 마라

아파도 하지 마라

여백

낙동강을 용트림하던 호연지기가
학가산 맹호도 때려 뉘 일 듯한 기백이
엊그제 같은데
눈부시게 빛나는 흰오리
파란만장을 앞질러 온 제행무상

때 밀려가는 세월에 휘감겨
잃어버린 신중년의 아우라
人香을 머금은 자
세월 가도 그리움 남아

피는 꽃보다
완숙한 단풍이 더 눈부실지니
생의 편린들을 버무린
이 순간의 환희를 만끽하소서

삶을 달관한 숙성된 예지로
여백의 순례자 되어
추억의 언저리를 되새기며
불러보는 빛바랜 날의 회심곡

은빛머리 쓸어 올리며

비움으로 마음의 때를 벗긴 그대여
낮은 곳에서 길을 물어
염화시중 미소로
꽃 길만 걸으소서

공심空心

기척도 없는 바람의 노크에
사각사각
숨어 우는 댓잎 소리

산마루 돌아오다 길 잃은
심산유곡
천년 고찰의 풍경 소리

가을을 영접 나온
초사흘 낮달에 걸린 구름은
소롯길 걷는 나를 불러세우고

낯익은 묏바람은
천인단애千仞斷崖 가슴에
다듬이질한다

멈추고, 비우고, 내려놓는
무소유의 길에서
무장해제 되는 상념들

세월과 화해하는

길목에서
기다리는 고도우(Godot)

윤 송 석

바다는 살아있다
죽염
감로수

아호: 호도 糊塗
한울문학 시부문 등단(2007)
서정문학 수필부문 등단(2008)
서정문학 상임고문
수필분과 심사위원
저서:『태초의 바람』 외 다수

바다는 살아있다

그냥 보면 잔잔한 것처럼 보인다.
그러나 그곳은 매우 역동적이다.
잠시도 멈추는 법을 모른다.

출렁이는 파도를 보라.
하루에도 수천 번, 수만 번 절벽에 몸을 부딪친다.

또 밀물과 썰물이 있다.
때에 따라 밀려가고 밀려오는 신묘한 현상,
그렇게 경이로운 움직임을 법칙으로 보여주고 있다.

그보다 더욱 놀라운 것은
아득히 깊은 곳에도
끊임없이 활발히 움직이고 있다.

그 속의 물은 회전한다.
한쪽으로만 회전하는 게 아니라
태극 모양으로 절묘하게 회전한다.
가만히 들여다보면 알파벳 S 자 모양이다.

이렇듯 역동적으로 움직이는 까닭은
그 속에 생물들이 생존할 수 있도록

하늘의 신성神性이 노심초사
애쓰고 또 애쓰시기 때문이다.

죽염

땅이 병들어 있다.
제초제를 먹은 밭도, 농약을 먹은 논도 병들어 있다.

혈기왕성한 젊은 땅은 보이지 않는다.

늙고 병든 땅이 키운 곡식, 채소, 과일…
그들은 독약을 먹고 무럭무럭 자란다.

이제 세상 어디를 보아도
젊은 땅이 키워낸
양질의 먹거리는 보이지 않는다.

인간들은 어쩔 수 없이
늙고 병든 땅이 키워낸 것들을
먹을 수밖에 없다.

겉모습은 싱싱하고 빛깔은 좋을는지 모르지만
그것을 먹은 사람들은 자꾸만 자꾸만 병들어 간다.

하늘은, 이렇게 죽어가는 인간들을
바라보고만 있을 수는 없으셨으리라.

천신만고 끝에 준비한 특별한 선물,
그것을 먹는 사람은 팔팔하게 살아나리라.

감로수

어두운 밤이면 삼천리 강토에 안개처럼 맴도는 은은한 입자들이 있다. 맑고 깨끗한 기운이 신비롭게 감돈다. 그 이름도 산뜻한 감로정甘露精이다.

감로정은 누가 보내주는 것일까? 하늘이 이 나라 백성들을 위하여 은밀히 주시는 선물이다. 그것은 자연계를 촉촉히 적신다. 감로정이 자연계를 그윽히 덮고 난 다음, 맑고 투명한 이슬이 살포시 내린다. 먼저 내려와 기다리던 감로정과 이슬이 하나가 되면, 이 세상 어디에도 없는 감로수甘露水가 된다.

하늘의 성스러운 은혜는 이렇게 이 나라 이 백성을 위하여 촉촉하게 축복하신다.
이 얼마나 기껍고 황송한 일인가.

이　　창　　원

정원사

산정리 다리

고등어

충남 서천 출생
2011년 서정문학 시부문 등단
서정문학 운영위원
서정문학 시창작분과 위원장
시집:『탕자』
lcw3320@naver.com

정원사

뿌리째 뽑아야 합니다 당신 말대로 햇볕 쨍쨍한 오늘은 잡초 뽑기에 더없이 좋은 날 저절로 자라나는 것들은 아무런 쓸모가 없습니다 당신은 이런 말까지 덧붙이지만

별별 씨앗들이 다 날아와 잔디밭에 뿌리를 내리고 민들레처럼 끈질기게 자라고 한나절 뛰어놀던 아이들의 옷소매에서 흘러내린 단추 같은 꽃들이 조그맣게 피었다 지고 씨앗들이 다시 날아들고

그래서 울타리를 치는 겁니다 당신이 심어놓은 덩굴장미는 덩굴장미임을 증명이라도 하듯이 그 위를 길게 뻗어 나가는 중이죠

플라스틱 바구니에 잡초들이 수북이 쌓이고 오뉴월 날씨의 나른한 입김에 잎들이 축 늘어지고 흔하디흔한 망초들이 맨 먼저 시들어지고

뭉툭하게 잘리면 투명하거나 하얗거나 그나마 애기똥풀처럼 독을 품은 것들은 항거하는 흉내를 내듯 노란 진물을 흘릴 뿐이죠

힘들 따름입니다 온종일 엎드려 있다 보면 뽑아야 할 게 저것들인지 땀에 배인 작업복이 온몸에 척척 달라붙는 우리들인지 머리가 몽롱해질 때가 있죠

이렇게 울타리를 치는 건 그 너머로 외부를 널따랗게 펼쳐 놓는
겁니다 팽창하기 좋아하는 내부는 덤불 수북한 외부의 등을 힘차
게 밀며 팽창하다가 그 외부를 내부의 땅으로 만들고 다음 외부의
등을 차례차례 밀며 끝없이 팽창하기를 좋아하죠

당신은 울타리를 옮겨가며 얼마든지 잔디를 가꿀 수 있겠어요 온
동네를 푸르게 또 푸르게

산정리 다리

아침나절에 나는 옥녀봉으로 낡은 시멘트 다리를 건너가던 꽃상
여를 봤는데
거기는 학교를 오갈 때 건너지 않으면 안 되는 다리여서
책가방을 들고 이리저리 망설였던 적이 있었다

그 무렵 나는 하루에도 몇 번씩 다리를 건너다니곤 했는데
논에서 막 끌려 나온 큰집 소도 건너고
쟁기 지게를 짊어진 큰아버지가 누구에겐지 모를 구시렁대는 소
리도 건너고
어둑어둑해진 갈대숲의 개개비 울음소리도 뒤따라 건너곤 하였다

문득 눈을 들어보면 꽃상여가 올라갔던 옥녀봉 검은 등성이에서
큰아버지가 들려줬던 몽달귀신들이 그러는 것인지
아니면 헛것을 보고 그러는 것인지
도깨비불들이 오르락내리락하는데
언제 돋았는지 모를 초저녁별을 나는 땀을 쥔 손으로 올려다보았
던 것이다

고등어

슈퍼 생선판매대 얼음 위에 고등어들이 누워 있다

죽어서도 한사코 무리를 떠날 수 없다는 결의처럼 나란히 누워 있다

숨이 멎었어도 기억만은 또렷이 남아 있어서

머리는 머리대로 꼬리는 꼬리대로 서로에게 기대고 있다

언제나 약한 것들은 약한 것들끼리 뭉쳐 있어야 힘이 생기는 줄 안다

또 별스럽지 않은 일에도 지레 겁을 먹는 것들은

얼른 손발을 거둬들이고 공처럼 몸을 잔뜩 웅크린 채 살아가기도 한다

고등어들이 바다에서 둥그렇게 모여들어 기어코 한 몸이 되려는 흉내도 다 그런 까닭이다

수천수만 마리가 똘똘 뭉쳐 한 마리 거대한 두려움이 되는 것이다

표적이 커지면 바닷새나 다른 물고기들에게 쉽게 눈에 띌 텐데도

한 번의 그물질로 배 위에 무더기로 끌어올려 질 텐데도

파랗게 질린 무늬는 죽은 다음에도 등 쪽에 고스란히 남아 있다

예리한 눈들이 고등어의 탄탄한 몸통을 지그시 눌러본다

이 정도 크기면 저녁 조림용으로 제격이겠네

누군가의 손에 들려 이제라도 무리를 떠날까 싶어 눈을 감으려 해도

고등어들에게는 하나같이 눈꺼풀이 없다

이 훈 식

그림자 37

비 오는 날이었다

꽃

창조문학 등단
격월간 서정문학 발행인
광주이씨 문예회원
시집:『등불 하나 가슴에 달고』『은밀한 속삭임』,『그리움의 심지』,
　　　『눈금 없는 잣대』,『햇살 등 뒤로 숨은 웃음』
수상: 창조문학 대상, 자연과 꿈상
강남문학상(강남대 사회복지 대학원)
bawoo9517@hanmail.net

그림자 37

죽자사자
오직 당신만 따라다니는
그림자는 바로 내 마음
어디를 가든 무엇을 하든
있는 듯 없는 듯 드러내지 않고
항상 곁에 머물고 싶은
말보다 진심을 보여 주고픈
사랑이다
당신이 가는 곳이 내가 가는 곳이고
당신이 서 있는 자리가 내 자리이다
자나 깨나 함께 하면서도
아직도 당신의 하루를 먼저 묻지 못하고
까맣게 타는 가슴
당신이 날 의식하지 않아도
당신 살아 있는 한
피할 수도 도망 칠 수도 없는
결코 하늘도 떼어 낼 수 없는 운명
당신은 나의 사랑
나의 영원한 시어詩語

비 오는 날이었다

형편이 어려워 안암동 로타리에서
어렸을 때부터 구두닦이를 하던 친구가
비 오는 날은 공치는 날이라며
제삿날 맞춘 듯 비 오는 날은 어김없이 소주 두어 병에
마른안주를 사 들고 날 찾아왔다
배움에 목 마르고 짐 지고 있던 가난이 무거웠던 친구
한 잔 술에 웃고 울고 떠들다 가는
뒷모습이 늘 눈에 밟히던 불알친구
군 입대를 앞 두고는 비가 오는 날이 아니어도 참 많이 만났다
내가 제대 후 얼마 되지 않아 뭐가 그리 급한지
모든 걸 훌훌 벗어던지고 하늘나라로 말 없이 먼저 가버렸다
그 친구 보내놓고 비가 오던 어느 날
누군가와 허물 없이 떠들고 싶었던 날
혼술을 하면서 참 많이 울었다
내 앞에서 유난히 웃고 떠들던 것이 울음인 줄을 몰랐다
일부러 거드름 피우며 허허대던 모습이
지독한 외로움인 줄 몰랐다
소주 한 병에 마른안주 사들고 오던 그 모습이
내 모습인 줄 몰랐다

꽃

한 송이 꽃이 피려면
비도
햇살도
가끔은 하고픈 말들이
낮은 흐느낌으로 불어오는
한 줄기 바람이 있어야
결 고운 무늬가 된다
한 송이 꽃이 피려면
안개도
새들의 지저귐도
가끔은 생각만 해도
가슴 흥건히 젖어 드는
설렘의 모습이 있어야
애틋한 색깔로 피어난다
모든 것은 다 때가 있듯이
입술 깨물던
기다림이 향기로 남아 있어야
세상도
하늘도 따라 웃는
한 송이 예쁜 꽃이 된다

임　경　섭

구둔역에 서면
남열리 해돋이 해수욕장에서
가끔은

서정문학 시부문 신인상 수상 등단
전주교육대학교 졸업
한국교원대학교 대학원 교육학 석사 졸업
경기 광주탄벌초등학교 및 성남은행초등학교 교장(정년퇴임)
kyungup5@naver.com

구둔역에 서면

구둔역에 서면,
녹슨 레일 위 잡초 사이로
묻혀 있던 기적 소리 깨어나고
초점 잃은 초록 담쟁이
상처 난 벽을 더듬으며
기어오를 방향을 찾고 있다.

낡은 플랫폼 멈춰 버린 시간
구둔이라고 쓰인 양철 이름표 뒤
기억의 파편들이 박혀 있었다.
양평 오일장 서는 날
보따리마다 명자엄니 서러운 삶이 실리고
닳아버린 구둔 역사 안 나무의자 위
까치발로 서서 연신 손을 내저으시며
헛기침하시던 명자 아버지
뒀다.

요란한 풀벌레 소리 사이로
밤하늘 별들이 쏟아지고
지친 어깨 풀린 눈
열 식구 입과 삶을 손에 꼬옥 쥔 채

터덜터덜 걷다가 올려다 본 하늘
속울음 삼키며 어둠 속 시간의 두께만큼
세상 모든 것을 조용히 품어 주었다.
구! 둔! 역!

남열리 해돋이 해수욕장에서

남도 끝자락 고흥반도
팔영대교 보이는 그 곳
아침 햇살 스르륵
봇돌바다 위 내려앉아
윤슬의 눈부심으로 파도 따라 다가올 때
백사장 하얀 모래
밤새 지난밤 이야기를 풀어냈다.

우주선 발사 꼬리 빛 따라
전망대 환호로 가득하고
송림 사이 어린 시절 잃어버린 구슬 찾아
솔숲 살랑거리는 바람
추억이 일렁거리고
수평선 너머 솟구치던 뜨거운 불기둥
환히 비추는 은빛 파도소리
그리움 너머 아련함으로 다가와 기대며
이 모든 순간 꿈결 같다.

남열리 해돋이 해수욕장
아름다운 사랑 얘기도
구구절절한 통속적 얘기도 없지만
가슴 한켠 뭉클하게 차오르는

빛바랜 흑백사진이 있고
낡아버린 축음기 음성이 살아있다.

이 밤,
작은 별 하나 품고 밤하늘을 보며
내일 아침 황홀한 해돋이를 꿈꾼다.

가끔은

가끔은
제주 바다 같은 마음이 잔잔하게 흔들리는 날
수평선 너머로 사라지는 노을처럼
그리움이 밀려 올 때
빛바랜 앨범을 열어 보며
문득 떠오르는
첫사랑 누군가가
앨범 속 어딘가에 숨어 있을지 모른다며
찾고 싶을 때가 있다.

가끔은
천정 시멘트 벽면을 노출한
빈티지 카페에서
세상이 너무 빠르게만 흘러
숨 고를 틈도 없이 지쳐 버릴 때
따뜻한 커피 한 잔에
애써 웃으며
아프게 날아와 온 몸에 박히는
기억의 파편 조각
밤하늘 홀로 뜬 별만이 아는
지치고 지친 마음을 담아

녹여 버리고 싶다.

가끔은 그렇게
아주 그렇게…

전　　별　　문

빛바랜 사진첩

산사의 하루

엄마 닮은 나

동대문학당 회원
동대문시선 운영위원
동대문구 태권도협회 사무국장
2025년『서정문학』시부문 신인상 수상

빛바랜 사진첩

오랜만에
장롱 깊숙이 넣어 두었던
사진첩을 꺼낸다

한 장, 한 장 넘길 때마다
그 시절의 얼굴들이
주마등처럼 스쳐 간다

단발머리에 교복을 입고
새침스럽게 웃고 있는
학창 시절
긴 머리에 원피스를 즐겨 입던
가냘픈 숙녀 모습

결혼식 날
아버지의 손을 잡고
입장하던 장면 앞에서
잠시 눈시울이 젖는다

펼쳐진 사진들 사이로
말하지 못한 마음들이 스며 나와
사진첩을 덮지 못한 채

한참을 앉아 있다

밤이 깊어질수록
추억은 더 또렷해진다

산사의 하루

으스스 으스스
낙엽이 서로를 스치며
나지막이 흔들어 깨우는
풍경 소리

스님의 목탁 소리에
모든 중생 고개 숙여
간절한 기도를 올리면

그 리듬에 장단 맞추어
두터운 단풍 이불 속
생명은 기지개를 켠다

사각사각
새싹이 숨 쉬는 소리
오늘도 산사에는
고요히 분주한 하루가 흐른다

엄마 닮은 나

세수를 하다 말고
거울에 비치는
내 모습에 놀랄 때가 있다

내 얼굴에서
엄마의 모습이 보이기 때문이다

밭고랑을 매며
흙 묻은 손으로 흥얼대던
구슬픈 인생 타령을
나도 먼 산을 바라보며
불러내고 있으니

이제야 알겠다
내 삶이
엄마를 닮아가고 있다는 것을

聽心 제 성 행

홀씨
개똥벌레(聯詩調)
가을 소묘(聯詩調)

서정문학 시 부문 등단
서정문학 편집위원
서정문학 본상 수상
文學광장 시조 부문 등단
황금찬시맥회 부위원장
文學광장 춘계시화전 大賞(2024년)
文學광장 詩題경진대회 장원(제28회)
시집: 『가슴으로 듣는 노래』
공저: 『한국대표서정시선』
　　　『한국문학 대표시선』 외 다수
jshang2419@daum.net

홀씨

꿈속을 숨은 사랑이
잠에서 깨어나 봄길을 걸어가면
간지러운 햇살은
너의 입술을 포개었던 순간을
떠오르게 해요

하얀 나비 한 마리가
꽃잎에 앉아 눈 흘레는 계절은
내 가슴 속에서 민들레가
피어나는 것 같아

금이 간 사탕 조각처럼
아릿한 입술은 너를 붙잡고
햇살이 겨우 가벼워지는 한낮에
난 애써 무거워지는 홀씨

부디 그대를 참아냈던
길쭉한 그리움을 놓아 주세요
네가 허공에 흩날려
곡진한 봄날에 아직도 오지 못한
술래를 찾을 수 있게

개똥벌레(聯詩調)

눈썹달 고즈넉이
은하수에 누워 졸고

순정한 풋사랑은
별똥별을 따라가네

반딧불 잠 못 이루는
설핏설핏 여름밤

달빛을 살라 먹는
노랑노랑 달맞이꽃

풋풋한 그 설렘은
별 무리에 갇혀 있고

또 언제 마주하려나
사무치는 다소니

가을 소묘(聯詩調)

지루한 농담 같은
더운 여름 지나가고

햇살이 훔친 마음
붉어지는 이파리들

동그란 나무의 시간이
또 한 겹 쌓인다

고운 빛 마음 내민
나무들의 손끝에는

떠나갈 잎새들을
아릿하게 예감하고

북받친 가슴 안으로
가을비가 내린다

조 갑 출

스무 살의 우리
술래의 긴급 메시지
봄날 봄

2024 서정문학 제 96기 신인상으로 등단
중앙대학교 명예교수
첫 시집 『명랑한 반란』 (2024년, 나남출판)
네이버 블로그: 새벽샘 블로그
"조갑출의 글방뒤뜰" https://blog.naver.com/m-spring

스무 살의 우리

그랬다
하고 싶었던 말은
목울대 아래로 눌렀다
토끼 귀가 되어 쫑긋했지만
듣고 싶었던 말은 듣지 못했다

가슴으로 전하고
마음으로만 들어
서로의 기억 갈피에
구겨 넣었다.

함께 있어도 거리가 있었고
멀리 있어도 거리가 없었다

전전긍긍
안달복달
가슴 헤집으며 뒤척인 밤

눈감으면
어둠 속에 햇살이 바스라지고
그의 얼굴이 눈 안에서 떠다녔다

엉성하고 서툴렀지만
가슴엔 선명한 초승달이 떴다

술래의 긴급 메시지

첫눈이
기습 폭설로 내리던 밤

눈보라 속에 달이 뜬다

소용돌이 물살같이 흐르는
눈구름 틈새로
둥근 달이 술래잡기한다
급물살 구름 떼를 피해
얼굴 빼꼼 내밀기를 반복한다
구름 천막 아래 가린 날 찾아내느라고

지금한가하게술래잡기놀이할땐가한눈팔지말고발걸음조심하여얼
른얼른집에가거라늦기전에얼른

빙판길 위에서 엉금거리는
나를 찾아내 다급한 당부 남기고

엄마는 눈구름 사이로 사라져 버린다
하늘나라 술래가 되어
지상의 날 찾아다니고 있었는지

짬이 나는 그때그때

가슴에서 길러 올릴 때마다

엄마는 맛뵈기로 늘 감질나기만 하다

술래처럼 나만 찾아내

찜해 놓고선 훌쩍 떠나버린다

봄날 봄

지구 반 바퀴 건너편
유럽 한 모퉁이에 서 있다
밤낮은 바뀌어도
계절은 뒤바뀌지 않나 보다

나날은 봄날답게
햇살은 이맘때 햇살답게
바람은 이즈음 바람답게

어디에나
누구에게나
고르게 와 닿는다

어느 길섶
어느 공원에서나
낯익은 들꽃
낯선 봄꽃
봄내음으로 피어날 수밖에

봄날
봄을
봄답게 봄

주 정 민

도아 어쩌면 유나
삐에로를 위한 시 – 순정에게
사슴을 위한 시

천리안 홀씨 동인.
2009년 '그림자사랑' 으로 문학광장 시인 등단
시집『그 사슴의 갈증은 멈추었을까』『파랑새 노래하다』
현재 부산에서 영어학원 운영중

도아 어쩌면 유나

1. 작은 방

달리 표현할 길이 없는 작은 방. 빛도 어둠도 없는, 어떤 존재도 없는 그런 작은 방에, 아이가 웅크리고 있다. 소리도 없이 아이는 울고 있다. 그 옆에 놓인 희뿌연 사진, 아이의 눈물에 녹아 점차 사라진다. 아이는 그렇게 우는 법을 배웠다.

2. 유나(1)

세월이 지나도 아이는 자라지 않았다. 여전히 작은 키, 보통의 눈매, 그 때의 작은 방처럼 아이에게선 존재도 향기도 느껴지지 않았다. 가끔씩 느닷없는 한숨만 얼핏 스쳐갈 뿐이었다. 친구들의 깔깔대는 웃음소리에도 아이는, 이제 조금씩 소녀가 되어가는 그 아이는, 여전히 울고 있었다.

3. 유나(2)

소녀는 웃음을 뱉을 줄 알게 되었다. 조금씩 인간이 되어 가면서 소녀가 된 그 아이는 작은 방의 기억은 잊은 듯 차츰 소리를 내기도 하고 드물게는 노래도 부를 수 있게 되었다. 아이의 노래는 성대가 아니라 손끝에서 피어났으며 예민한 이는 그 노래에 의외로 즐거움을 느낄 수도 있었다.

4. 도아(1)

그렇게 아이는 소녀를 거쳐 어른이 되어 갔다. 이제 그 아이는 도아가 됐다. 까마득한 그 시절과 달리 소녀는 아주 즐겁다. 재잘대는 말소리는 흔한 아가씨였고 어쩌다 보이는 춤사위가 현란했다. 밝고, 또 밝고 명랑한 도아는, 하지만 여전히 웃음을 뱉을 뿐이었다.

5. 도아②

이제는 작지 않은 방에 여전히 작은 몸이 누워 있다. 햇살은 상쾌하지만 소리는 들리지 않는 현실적이지 않은 그 공간에 도아는 그저 누워 있다. 호흡조차 귀찮음이지만, 한때 아이였던 그녀는 마냥 쉬고 싶다. 할 수만 있다면 영원히 잠들기를 유나였던 도아는 바란다

6. 여행

다시 그 작은 방이 생겨난다. 사라졌던 사진이 빛을 찾으며 도아는 다시 유나가 되어 사진 속의 핑크색 발레복을 입고 있다. 춤이 시작된다. 빛도, 어둠도 숨죽이며 도아와 유나의 춤사위에 슬프게 깔깔대고 있다. 판타지 영화처럼 도아의 발끝부터 서서히 형체가 사라지며 허공이 열리고 있다. 무너지는 도아의 형상은 그 위로 떠가며 여행을 시작한다. 예전 그 작은 방에서 꿈만 꾸었던 여행, 자유로운 여행의 시작과 함께 무대는 페이드 아웃이 되며 처음처럼 침묵.

7. 종장

　관객도 음향도 감독도 없는 유나이자 도아의 1인극은 이렇게 시작하며 끝이 난다. 슬프지도 허무하지도 않은 그저 어여쁘기만 해야 할, 한 소녀의 청춘 기록.

삐에로를 위한 시 - 순정에게

1.

그녀의 목소리는 늘 하이텐션이었다. 날 보기만 해도 깔깔거리던
그 아이는 그래서 모두의 연인이자 삐에로였다. 영화 속 조커와 같
은 슬픈 웃음의 그녀, 아무도 알아주지 않던 삐에로의 슬픔. 그녀
의 눈동자가 아니었다면 나도 그녀를 탐하기만 할뻔했다.

2.

아이가 있었다. 킥보드를 좋아해서 무릎에 상처가 날 정도로 자
극을 좋아하던, 술은 마시지 못하지만 고량주는 좋아한다던 아이,
요리를 좋아하지만 맛은 보장할 수 없다던, 그러면서도 자신이 만
든 카레를 내게 먹이고 싶다던 그 아이. 어떤 이는 그를 순정이라
또 다른 사람은 혜수라 했지만 스스로는 아무도 아니고 싶어하던
소녀.

3.

수면제를 유독 많이 먹은 날, 혜수는 취한 것 같았다. 어깨짓을
해가며 가곡인지 가요인지 모를 노래를 부르던 그녀, 내 손을 잡아
끌며 코인노래방을 가자했다. 민망함에 노래를 듣진 못했지만 상상
컨대 그 노래는 내 예상과도, 그녀의 목소리와도 많이 달랐으리라.

4.

삐에로의 얼굴을 궁금해하진 않는다. 순정의 이름도 그녀의 나이

도, 지난 세월도 아무도 알려하지 않는다. 친구가 없다고 쓸쓸해 하
던 그 아이의 허무는 어쩌면 화려하기만 한 그녀의 외모와 성격 탓
이었으리라. 늘 주변의 관심이 가지만 아무도 모르는 내면에선 울고
있던 아이, 순정.

　5.

　삐에로의 분장도 차츰 희미해지고 그 아이는 점점 여인이 되고
있다. 하이텐션의 목소리도 잘 안 들리고 그림자까지 흐릿해진다.
가끔은 자신이 삐에로라는 사실도 잊은 듯 미소짓는 것을 힘겨워
한다. 분장이 완전히 사라지면 그녀는 무엇이 되는 걸까. 태풍이 오
기 전 추운 서면 어딘가에서 홀로 걷고 있는 것은 아닐까. 혹 지금
이 순간에도 노래하고 있진 않은지. 그녀를 스쳐가는 누군가, 그 아
이에게 작은 웃음이라도 줄 수 있으면 좋겠다.

사슴을 위한 시

1.

그런 전설 들어 봤어?

12월의 바람이 부는 어떤 새벽 간절곶으로 가면 사슴을 볼 수 있어. 인기척이 없을 때면 겨울 바람을 타고 사슴이 바다에서 뛰놀곤 하지. 어떻게 아냐고? 나도 봤거든. 쓸쓸한 겨울 새벽에 어쩌면 더 쓸쓸한 그 사슴을.

2.

야생의 눈망울은 본래 그런 것인지 그녀의 눈동자도 또한 구슬프다. 사슴은 본래 숲에서 놀아야 하거늘, 그녀는 이상하게 물이 좋았다. 그런 스스로가 부끄러운 탓일까, 새벽마다 바다로 온다. 사나운 파도를 자유롭게 밟고 다니며 사슴은 허공을 날기도 한다. 바람을 맞으며 비상하는 등에 조금씩 날개가 자라고 있다.

3.

살짝 동그란 눈, 길다란 목, 볼록 귀여운 아랫배와 으르렁도 갸르릉도 아닌 사슴의 묘한 노래는 방파제에 앉아 끝없는 어둠을 응시하는 나를 들뜨게 했다. 환상일 수도, 술에 취해 헛것을 본 것일 수도 있겠지만, 적어도 내겐 그 사슴은 실재였다. 언제 스러질지 모르는, 아직은 어린 사슴.

4.

누군가 죽이고 싶도록 더운 날, 도심에서 허덕일 때면 가끔 그 환상을 떠올린다. 바람부는 새벽, 간절곶 해안에서 마음껏 활개치는 터무니없는 사슴의 질주 그리고 비상. 절룩거리는 내 다리로는 따라갈 수 없는 끝없는 청춘의 용솟음. 슬며시 손을 내밀어 사슴이 남기고 난 노래자락 하나를 집어든다. 행인들의 낯선 시선 속에 여전히 그녀의 울림은 남아 있다. 꿈을 다시 꾸리라. 내게도 날개가 돋아나, 간절곶 바다를 산책하는 허망하지만 간직하고 싶은 그런 꿈. 이룰 수 없기에 꿈일 것이니.

차　영　미

달칵 사이

그 즈음 모래

빈 방

2009년『서정문학』시부문 신인상
2015년『시와세계』시 등단
서정문학 편집장
한국문인협회 회원
한국현대시인협회 회원
국제계관시인연합UPLI) 한국본부 회원
도서출판 서정문학 대표
시집:『괄호를 묻는 새벽』(2018),『여기, 오독이 내리고』(2024)
kd487@naver.com

달칵 사이

기울고 있었고 손을 내밀었다 각도 없는 시이소는 그에게 번지고
있었다 비명이 들리기 시작했을 때 발은 경계 사이에 있고 파편은
뒤로 쏟아지는 중이었다 기대는 늘 부풀었고 실망하지 않은 척 변
명을 둘렀다 시려운 밤이 오고

혐오를 뒤적이면 거대한 바다가 펼쳐졌다 활자는 파지 속에 갇혀
불면을 뒤적이고 깨인 꿈도 꿈이었다고 그는 꿈으로 걸어갔다 쌓인
목록이 버벅거리고 심야를 재생하는 버석거리는 손가락 너머

오래 비어 있던 방에
온기가 켜지는 소리

그 즈음 모래

모래를 읽는다
르 클레지오의 사막이 있고
모래를 벗어나지 못한
모래의 여자*가 있다
오아시스 대신 우물
초식동물들이 경계하지 않는 모래 위의 모래들
아이는 모래 위에서 물고기를 낚는다
모래는 거대한 바다가 되고
부족의 전설은 신기루 따라 떠나고 파도처럼 너울진다

인공지능이 나를 읽는다
스며든 기억에 꼬리를 입히고
너를 침범하지 않기 위해 고개를 돌린다
모래 사이로 흩어지는 기억
몸을 기울이고 바닥으로 가라앉는 알맹이들
수많은 주검의 소식이 모래를 타고 오르내리고
변명과 무관심 그 언저리에서
부서지고 내려가는 피 흘리는 모래들
모래를 딛고 일어서는 모래들
오래된 모래의 노래가 해일처럼 일어서는 소리 들린다

---

* 아베 코보(安部公房)의 대표작 『모래의 여자(砂の女)』 (1962)

빈 방

오래 비워진 냄새가 났고 방은 지쳐보였다 식어버린 전기장판과
묵은 잡지 사이에 지폐 한 장이 걸쳐 있고 금방 돌아올 것처럼 이
불이 깔린 꽃무늬 벽에는 벗어놓은 옷가지들이 계절을 잃어버린 채
시들고 있었다

다시 오지 못할지도 몰라, 오답을 기대하는 눈이 손을 맞잡았던
가 기억은 서로를 왜곡하는 습성이 있었다 새 옷, 새 가방, 새것이
라고 이름붙인 것들이 울컥 서랍장을 빠져나오고 주차장 재활용센
터 앞으로 쌓이고 환산되는 한 생,

차오르는 초여름 햇살 빈 방은 눈이 시리다

엄마 안녕, 아직도 이 말 밖에 하지 못하고

최　　주　　식

호박 같은 사람

나이 든 얼굴

사랑을 헤아리는 저녁에

시인, 문학평론가
서울문화공연협동조합 이사장
한국공연문화예술원 상임이사
서정문학작가회장
한국문인협회, 한국현대시인협회, 국제펜클럽 회원
2021년 『서정문학』 수필부문 신인상 수상
시집:『어느 봄날의 달콤함』,『세월의 뒤통수에 왕소금을 뿌렸다』
　　　『100점 인생을 꿈꾸며』

호박 같은 사람

호박을 바라보다
문득 마음이 멈춘다
화려한 꽃잎의 장미도 좋지만
다가갈수록 깊은 맛을 지닌
호박도 좋다는 것을

장미의 이름은 멀리서도 빛나
한눈에 알아보지만
호박의 평판은
곁에 머물러야 비로소 느껴지는
넉넉한 인품

사람의 길 위에서
반짝임만을 좇다 보면
마음을 놓칠 때도 있지만
호박 같은 이와 함께라면
길은 한결 부드러워지고
걸음은 덜 아프다

다시 생각해 본다
세상은 장미 같은 사람으로 빛나고
호박 같은 사람으로 따뜻해진다는 것을

나이 든 얼굴

곱게 나이 든다는 것은
목소리를 낮추는 일
화를 삼키는 것이 아니라
웃음을 먼저 건네는 일

곱게 나이 든다는 것은
먼저 걸어온 발자국 마다
혹시 뒤따라오는 이는 없는지
고개를 돌려 살펴보는
그 마음 자리에 꽃을 피워
품이 되는 일

다 아는 듯 말하지 않고
모른다고 고개를 끄덕일 줄 알고
누군가 울 때는
말 대신 곁에 머무를 줄 아는 일

곱게 나이 든다는 것은
사랑이 많아진다는 뜻
세월이 쌓일수록
각이 닳아
더 부드러워지는 마음
그게 곱게 나이 든 얼굴

사랑을 헤아리는 저녁에

내게 허락된 사랑의 날들은
얼마나 남아 있을까
서글프지 않게 아프지 않게
사랑만 할 수 있는 날은
얼마나 남아 있을까

배려로 따뜻함으로 진심으로
사랑을 건넬 수 있는 날은
얼마나 남아 있을까

사랑은 눈물의 씨앗이라는 말을
이해하지 못하던 때가 있었다
사랑은 왜 눈물이야
행복의 씨앗이지
그렇게 쉽게 말하던 시절이 있었다

사랑이 눈물이 되고
눈물이 다시 사랑이 되는
모순 같은 인생 앞에서
나는 자주 헛웃음을 지었다

사랑은 끝내

행복하기만 한 것이라 믿으면서
사랑을 내려놓으면
그 사랑은 몇 배의 무게가 되어
다시 내 삶 위에 얹힌다는 깨달음에
얼마나 긴 세월이 필요했는지
이제야 알 것 같다

사랑을 헤아리다가
문득 나에게 묻는다
내게 허락된 사랑의 날들은
얼마나 남아 있을까

최　　초　　향

일상 파괴

꽃잎 노래

후래쉬 연가

자영업
2021년 『서정문학』 시부문 신인상 수상
서정문학작가회 재무국장
junshop7@naver.com

일상 파괴

어제와 같은 오늘이었어
바쁜 걸음으로 길을 나서고
친구와 잠깐의 수다도 떨고
식사시간 다가오면 시계 한번 더 쳐다보는
그저 그런 하찮은 일상이었지

비좁은 지하철에 몸을 싣고 달리던
청춘의 잰걸음은 이젠 없지만
빨간 신호등을 4번이나 거쳐야만
만나지는 초록불을 애타게 기다리는 연륜이랄까

내일을 의심한 적이 없었어
깊은 잠 깨고 나면 당연히 찾아오던 시간들이었지

하지만 이젠,
오늘과 같은 내일은 약속할 수가 없어
바람만 스쳐도 으스러지는 육신이
깊은 잠 마저 쫓아버리거든

매일 반복되던 지루하기만 했던 일상이
감사의 기도로 바뀌는 순간이 있어
이미 돌아갈 수 없는 강을 건너

거센 풍랑 속에 내동댕이쳐진 육신

예전에 느껴보지 못했던 그 감정들
그저 사소한 일상에 감사함이 생기지
그 대상이 누군지 몰라

다만 어제와 같은 평범한 내일을 소망할 뿐

.

꽃잎 노래

수많은 설렘 속에
무지갯빛 삶의 끈을 잡고
고개 내민 꽃잎 하나

따스한 햇살
부드러운 소슬바람
화려함이 넘쳐나는 수많은 꽃잎들

꽃잎은 설레임과 희망을 노래한다

따스한 바람이 불어오던 순간
바람 속에 흩뿌려지는 꽃잎들
외딴섬으로의 여행 고립과 슬픔의 끝자락

꽃잎은 슬픔과 외로움을 노래한다

고요와 적막의 시간
아름답던 모습은 사라지고
지치고 색 바랜 자태

꽃잎은 아련함과 회상을 노래한다

후래쉬 연가

높다란 거실 천장만큼이나
커버린 아이가
다락방에 둥지를 틀었다

깊은 밤이면
거실은 온전히 그녀만의 공간
작은 불빛도 조심스러워
후래쉬를 켠다

20년 넘게 구독 중인 책장을 넘기며
지나온 세월 속에 묻어나는
그리움을 회상해 본다

그사이 훌쩍 자란 아이들과
세월을 이기지 못한 표정 주름들이
감정선을 자극한다

어둠 공간 속 후래쉬에 비친 그림자는
잭과 콩나무의 거인 나무처럼
높다란 천정까지 휘감고 있었다

나의 사랑

나의 기쁨
불빛마저 조심스러운 그 밤은
후래쉬 연가로 또 그렇게 깊어간다

하 석 근

다시

설도雪都

일년

경남 창원 거주
서정문학 시부문 등단
서정문학 운영위원
ehrehfl@hanmail.net

다시

버린 듯 접어 두었던 종이 위에
저녁의 먼지가 내려앉고
말 한 줄 놓을 자리가 없어
마음은 늘 다음으로 미뤄두었다
창가에 해가 잠시 머물다 가는 날
잊힌 종이 한 장 몸을 뒤척이고
스치는 바람 한 올에
잠자던 글씨가 숨을 튼다
눈 뜨지 못한 시어들이
실타래처럼 엉켜 부딪히고
잠들지 못한 단어들이
조용히 펜을 부른다
비워 둔 시간이 길수록
언어는 더 낮게 몸을 낮추고
아무도 부르지 않아도
시는 스스로 길을 낸다
시는 나를 버린 적이 없다

설도雪都

지난밤 조용히 내려앉아

도시는 눈부시다

길은 잠시 느려지고

소리는 낮아진다

발자국은 또렷해져

방향을 알려준다

나뭇가지는 무거워도

부러지지 않고

눈은 그 위에 머물다

잠시 숨을 고른다

어두운 밤 하얀 시간이 쌓여

겨울은 지도를 그린다

얼어붙은 도시는

설도雪都가 되어 빛난다.

일년

아침은

아무 일도 없었다는 듯

문 앞에 놓여 있었고

우리는 늘 그렇듯

그 하루를 들어

밖으로 나선다

오늘은 말이 없다

웃음도 상처도

같은 그릇에 담긴 채

빛에 닳고 바람에 닳아

한 해를 위해

조용히 쌓인다

문득

손에 남은 것을 헤아리면

익은 것들은 고개를 낮추고

떠날 것들은

말없이 발치에 와

잠시 머문다

끝이라 부른 자리에서

우리는 비로소 안다

이별은 접는 일이 아니라

다시 놓는 일임을

그래서 오늘을 덮으며
조용히
내일의 문을 연다

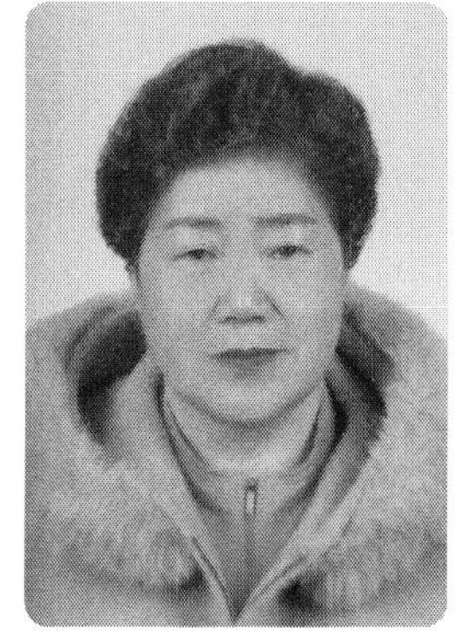

한 영 초

비누

새야 새야 파랑새야

빨대

1958 경주 출생
2021 경상북도 이야기보따리 수기공모전 수상
제13회 임란의사추모 백일장 운문 수상 등
2023 서정문학 신인상 등단
yayang0332@daum.net

비누

양잿물 비누는
물컹거리며 새댁 손가락 사이로 흘렀다
물렁거리는 시집살이의 시작
빨래를 하면 손가락 사이 물집이 생기는 날들이었다
'살따구가 문디 살따구라서 그렇다'
시어머니 소리에 목구멍으로 넘어 오던 눈물을 삼켰다
밭일 마치고 양잿물 비누로 씻어도 아무렇지도 않은 시댁 식구들
내 손가락만 물집이 터지고 껍질이 벗겨졌다
시집올 때 가져온 세수비누 몰래 쓴 날
숙모 손에 향수 냄새 난다는 조카 등살에
달 같은 비누는 돌림을 당하고 사그러져 갔다
새 비누를 뜯는 날이면 시어머니의 쓴소리에
양잿물보다 무섭던 시집살이가 생생하다
샤워 타올에 가득한 거품으로 손을 씻으며
거울 속 그녀에게 묻는다
그대 지금 행복한가?

새야 새야 파랑새야

집안 아지매가 부르던 노래를
앵무새처럼 따라 불렀다
박하 엿 팔던 그녀
굶어 죽은 아들을 뜨겁게 안고
진주 땅 농민들과 죽은 남편 혼을 달랬다
"시천주 조화정 영세 불망 만사지"
13자의 주문으로 혼자 남은 삶을 지고 다녔고
어린 나는 박하향이 좋아 따라 다녔다
비 오는 밤이면 막걸리 한잔에 녹아 내리며
"무돌이 아배요 무돌이 아배요"
시신을 못 찾은 남편을 죽는 날까지 불렀다
'새야 새야 파랑새야 무돌이 아배 좀 찾아줘라'
살다가 길 잃고 흔들리던 나는
참새 떼 후르륵 날으면 어디서 박하 향 떨어져
그녀의 마지막 노래가 맴돈다.

빨대

운명하는 날까지 빨대가 꼽혔던 아주버님
젊은 날엔 동생과 부모 빨대에 꽂혀
등이 휜 머슴이었다
철없는 동생 말썽과 늙은 아비 술, 도박
등에 박힌 빨대가 앞가슴까지 조였다
젊은 아내는 시한부 선고를 받은
목구멍에 빨대를 꽂았다
치자 물로 육신을 물들인 남편
그녀는 빨대를 자주 갈아 꼽더니
재산을 옮겨 갔다
열두 살 손자 등 떠밀고
팔순 시어미 등 떠밀어
빨대로 모은 재산 이고 지고 친정으로 갔다
아주버님 떠나고 잊혀진 그녀
빨대에 꽂혀 살았던 아주버님은
고슴도치로 환생하면 안 될 텐데
빨대는 쥔 사람 따라 용도를 달리한다
내 등의 빨대 그림자가 흔들리는 날이다.

허　　만　　길

새해가 온다
꽃과 가을이 주는 말을
모두가 서로의 끈과 힘

서울대학교 국어교육학 석사. 홍익대학교 문학박사(국어국문학).
시인. 소설가. 문학평론가. 수필가. 교육자.
1971년 '복합문학'(Complex Literature. '두산백과' 등재) 창시 및 세계 최초 장
편복합문학 "생명의 먼동을 더듬어' 발행(1980).
최연소 중학교 교원자격증(18살. 1961년) 및 고등학교 교원자격증(19살. 1962
년) 취득('기네스북' 한국편 등재).
1991년 '정신대 위령의 날' 및 '국제 사람몸 존중의 날 제정' 제의.
2024년 8월 13일 '국제 사람몸 존중 선언' 선포(한국어/영어).
문교부(교육부) 국어과 편수관. 교육부 국제교육진흥원 강사. 한국교육개발원
국어과 교과서 편찬연구위원. 한국교육과정평가원 해외동포용 '한국어' 교재개
발 연구위원. 학술원 국어연구소 표준어 사정위원. 서울대학교 국어교육연구소
'국어교육학사전' 집필위원. 한국진로교육학회 이사. 서울 당곡고등학교 교장.
국제PEN한국본부 이사. 한국현대시인협회 이사. 한국소설가협회 중앙위원.
수상: 황조근정훈장(2005), 대통령 표창(1991), 국가인권위원회위원장 표창
(2004. 정신대 문제 제기 및 인권 옹호 공로), 상공부장관 표창(1987. 산업체근무
청소년교육공로), 한글학회이사장 표창(1988), 순수문학 작가상('민족작가' 칭
호. 2014), 문예춘추 청백문학상(2011. 맑고 깨끗한 시 정신 탁월)

새해가 온다

새해가 온다.
누구라도 찾아가겠다 한다.
어디라도 찾아가겠다 한다.

누구에게나 어디에나
복주머니 사랑주머니 들고
찾아가겠다 한다.
선물하겠다 한다.

나는 누웠다 앉았다 잠들지 못하다가
새 옷 단정히 입고
새벽이 오기 전부터
새해를 기다리고
새해를 마중하였다.

새해의 따스한 손 마주 잡으니
온 하늘은 눈부시게 밝게 아름답고
사람과 바람과 나무와
물소리와 새소리
온갖 하나하나에 빠지지 않고
새해의 복과 사랑이 퍼져 넘쳤다.

온갖 하나하나에
푸른 소망이 이루어지는
싹이 트느라 바쁘고 바빴다.

꽃과 가을이 주는 말을

햇살 보드라운 잔디에 앉아
장미를 말할 적에
장미는 인생을 붉고 아름답게 살라 했지.

등나무 그늘에 앉아
라일락을 말할 적에
라일락은 인생을 향긋하고 푸르게 살라 했지.

소나무 가지에 기대어
단풍잎 가을을 마실 적에
가을은 인생을 강하고 황홀한 결실로 살라 했지.

아픔 같은 밤을 근근이 걸어
그대 진초록물만 출렁이는 꽃병을 들었기에
나는 장미도 라일락도 가을도 전하면서
달맞이꽃, 해바라기도 분명히 건네었지.

모두가 서로의 끈과 힘

땅과 바다와 하늘 하나로 이어
이 지구, 이 세상 이루고
이 세상, 저 세상 이어
온전한 한 세상 이룬다.

물과 나무와 돌
고기와 짐승과 새와 사람
달과 해와 별
그 보이는 모든 것과
그 안 보이는 모든 것
지난 세월, 지금 세월, 다가올 세월
태어나기 전 세월, 태어난 세월, 태어날 세월
이 모두 속
비로소 조그마하고도 든든한
나 하나하나가 있다.

우리 어찌 모두를
서로 나누어 있지 않으리오.
우리 어찌 모두
서로의 끈과 힘 아니리오.

사는 얼굴, 사는 생김,

사는 몸붙임, 사는 믿음
그 큰 속 서로 조금씩은 다를지라도
모두가 큰 세상 속의
우리들이 아닌가.

부디 따스히 서로 보살피고 이끌며
온전한 한 세상 누구에게나
평화와 희망과 자유와 행복의
샘물 즐거이 마시게 하자.

누구나 더없이 거룩히 높은
참슬기, 큰진리, 참마음
아름답게 함께 누리게 하자.

모두가 서로의 끈과 힘 아니랴.

홍　익　흠

그리운 어머님께
그 카페에서
슬픔 15

노원 문인협회 회원
2025년 『서정문학』 시부문 신인상 수상
mamtop007@hanmail.net

그리운 어머님께

새벽녘 문득
잠에서 깨어나 앉으면 어머니
그립습니다.

딸애는 누나처럼 저 만치서
새근새근 잠이 들었습니다.
나처럼 투정 많던 아들 녀석도
머리맡에
큰 대자로 잠이 들었습니다
어머니처럼 잔소리 많던 아내도
잠이 들었습니다

행복 하시나요. 어머니
그렇게 아들 결혼 바라시더니
그렇게 아들 잘 되기만 바라시더니.

정안수
장독대. 올려 놓으시고
빌고 또 비시더니
멀고 먼 그 곳에서도
행복하신가요

어머니

새벽 녘 문득
잠에서 깨어나 오래도록. 아니
잠시
어머니를 그리다
孝보다 不孝에 익숙한 이 못난 자식은
돌아 누워
다시 잠이 듭니다.
어머니

그 카페에서

그 카페에서 한 잔의 커피를 마신다

고독도 과해서 가지지 못한 인간을 노래한 김남조 시인을 생각
한다

한 번도
가난하여 고독도 가지지 못한 나
고독과 친구하며 마시는 커피는 달까

킬리만자로에서 고독과 악수하며 사시는 양인자 선생님을 그려
본다
고독과 악수하며 사시는 소설가

고독을 가슴에 매달고 살던 김현승 시인을 생각한다
고독을 따뜻하게 앓던 시인

나는 카페에서만은 고독과 친구하고 싶다

슬픔 15

내가 가장 힘들 때
얘기를 들어 줄 사람이 없다는 것

내가 가장 쓸쓸할 때
전화 할 곳이 없다는 것

내가 가장 외로울 때
길을 나서도 막상
갈 곳이 없다는 것

내가 가장 괴로울 때
나를 위로 해 줄 사람 하나 없다는 것

한국대표서정동시선

김 은 희

고래의 눈물
지우개 바람
책 속의 집

2017년 서정문학 시 부문 신인상 수상
2025년 서정문학 동시 부문 신인상 수상
2022년 서정문학 남산 시화전 대상
서정문학 운영위원
서정문학작가회 부회장

고래의 눈물

은우는 미술 시간에
아기 고래를 그렸어요.

둥근 눈, 작은 꼬리,
바다를 잘 모르는 고래

그런데 파란 물감이
툭! 고래 눈에 떨어졌어요.

"어?" 고래가 우는 것 같았고
은우 마음도 조금 젖었어요.

물티슈로 살살 닦아 주며
괜찮아! 괜찮아! 말해주었어요.

하지만 아기 고래는
계속 우는 것 같았어요.

"미안해, 고래야! 나도 속상해"
고래와 은우는 서로를 토닥토닥했어요.

그림이 완성되자 아기 고래는

파란 바다로 조심조심 헤엄쳐 갔어요.

눈물을 배운 고래는
바다에서도 씩씩하게 자랄 거예요.

지우개 바람

국어 시간에
'바다'를 '받아'라고 썼어요.

친구들은 킥킥 웃고
시우 얼굴은 사과처럼 빨개졌어요.

지우개로
틀린 글자를 지웠어요

종이는 얇아지고
시우 마음도 얇아졌어요.

책상 위 지우개 가루가
눈처럼 쌓였어요.

"괜찮아, 괜찮아…"
입속으로만 속삭였어요.

손바닥에 지우개 가루를 모아
후~~ 불었어요.

바람 타고 날아간

틀린 글자

창피한 마음도 함께
멀리 날아가면 좋겠어요.

책 속의 집

책 속에는 집이 참 많아요.
마법사가 쿨쿨 잠든 집,
토끼가 쏙 숨은 집,
커다란 나무 위에 살짝 매달린 집도 있어요.

도원이는 그중 하나를 골라
살며시 들어가요.
"오늘 왜 말이 없니?"
"친구랑 싸웠니?"
책 속 집은 묻지 않아요.

그냥 도원이가 앉아 있으면
조용히 기다려주고 작게 속삭여요.

"괜찮아,
너 여기 있어도 돼."

도원이는 책 속 계단을 올라
나무 위 집에 앉아요.
토끼와 마법사가
창문 너머로 손을 흔들어요.

벽에는 그림자가 춤추고
천장에는 별빛이 톡톡 내려와도
도원이 마음이 두근두근 흔들려요.

문을 열면
다른 집이 반짝반짝,
다른 모험이 살며시 도원이를 부르고 있어요.